KB262213

아빠,

찰리가 그러는데요 2

우르줄라 하우케 엮음 · 강혜경 옮김

해냐무

Papa, Charly hat gesagt···
by Ursula Haucke

All rights reserved by the proprietor throughout the world
in the case of brief quotations embodied in critical articles or reviews.

Korean Translation Copyright ⓒ 2002 by HENAMU Publishing Co.
Copyright ⓒ 1979, 1980, 1983, 1985 and 1988
by Rowohlt Taschenbuch Verlag GmbH, Reinbek bei Hamburg

This Korean edition was published by arrangement with
Rowohlt Taschenbuch Verlag GmbH through Bestun Korea Agency Co, Seoul.

URSULA HAUCKE

아빠,

Papa, Charly hatgesagt…

찰리가 그러는데요 2

우르줄라 하우케 지음 · 강혜경 옮김

해나무

차례

7 이중 생활

16 일상화된 공포

24 언어 혼란

32 엄마의 에어로빅 강습

40 그렇게 웃어보긴 정말 오랜만이야!

48 우선권

57 그건 당연해요

65 향기로 돈벌기

73 진짜 창피한 일!

82 내 말 잘 듣고 있어요?

90 제일 중요한 것

99 전성기

107 올바른 정신의 의무

116   '국가' 라는 기업

124   돼지저금통

132   까만 양은 어떻게 구별하나요?

139   진짜 유행

147   이웃은 어디에 있나요?

155   참는 게 최고!

163   에너지 낭비

171   피해자

178   칭찬이냐 꾸지람이냐, 그것이 문제로다

186   시와 진실

193   시간의 계명

201   역자 후기

이중 생활

아들   아빠, 찰리가 그러는데요, 걔네 아빠가 사람들은 다 이중이라고 했대요!

아빠   (황당한 표정으로) 내가 이제는 찰리 아빠가 취해서 한 말까지 들어야 되냐?

아들   취해서 한 말이 아니에요!

아빠   그럼 왜 사람들이 이중으로 보인다는 거냐?

아들   사람들이 이중으로 보인다는 게 아니라, 이중이란 걸 깨달았다구요! 왜냐하면…… 대부분의 사람들이 진짜 그러니까요!

(아빠의 한숨 소리)

아들   알았어요, 자세히 설명할게요.

아빠   꼭 그래야 한다면······

아들   쿨리케 할머니를 한번 생각해보세요!

아빠   그것말고 다른 예는 없냐? 난 단 며칠만이라도 쿨리케 부인이 없는 세상에서 살고 싶은 사람이다!

아들   네, 아빠가 그러는 것도 당연해요. 쿨리케 할머니는 이중이니까요!

아빠   그래, 나도 가끔은 그런 느낌이 들더구나. 분명 집 안에 있는 소릴 들었는데 어느새 나와서 우리집 정원을 기웃거리니······

아들   잘 들어보세요! 그런 뜻이 아니란 말예요!

아빠   다 좋다만 그것말고 다른 예를 들면 안 되겠니?

아들   쿨리케 할머니 얘기부터 하구요. 아빠가 그랬었죠? 쿨리케 할머니가 우리집 정원에 난 체리를 몰래 따간 것 같다고 말이에요.

아빠   그래. 그렇지 않다면 왜 유독 쿨리케 부인의 정원에서 가까운 쪽 가지에만 체리가 하나도 없겠냐?

아들   저도 아빠 말을 믿어요.

아빠   다행이구나. 그런데 뭐가 이중이란 거냐?

아들 금방 알게 될 거예요. 엄마가 얼마 전에 우연히 쿨리케 할
머니랑 같은 직장에서 일하는 사람과 얘길 했대요. 아빠도
알고 있었어요, 쿨리케 할머니가 우체국에서 일하는 거?

아빠 그래, 나도 안다. 우체국에 가서 쿨리케 부인을 조심하라고
일러주고 싶은 마음이 굴뚝같다만…… 분명 속임수를 써
서 자기 주머니를 채우고 있을 텐데……

아들 (아빠 말을 못 알아듣고) 어쨌든 그 사람이, 쿨리케 할머니
가 우체국 사람들한테 인기가 좋다고 했대요!

아빠 인기가 좋다고?

아들 네, 게다가 인정도 받구요. 네, 맞아요. 분명히 그랬어요,
인정받는다고. 쿨리케 할머니가 정확하고 일도 잘하기 때
문이래요. 그리고 아무리 일이 많아도 불평하는 법이 없대
요.

아빠 그것 참 신기한 일이구나. '아무리 일이 많아도 불평을 안
한다'…… 그런 사람이 자기 집 잡초 내다버리는 것도 귀찮
아서 남의 집 정원에다 몰래 던져놓고 모른 체한단 말이지?

아들 찰리 아빠 말이 바로 그거예요! 사람들이 모두 이중 윤리만
안 가졌어도……

아빠 처음부터 이중 윤리라고 하지 그랬니! 난 또 사람이 이중이

라고 해서 무슨 소린가 했더니만……

아들 그 단어가 떠오르질 않아서요, 지금 생각난 거예요.

아빠 그래, 그럴 만도 하지. 그게 무슨 뜻인지 네가 제대로 알기나 하겠니? 사실 이중 윤리란 말은 아주 어려운 말이라서 너 같은 애들은 아직 몰라도 돼.

아들 그치만 재미있는 거 같아요. 있잖아요, 만약 인격이 하나밖에 없다면, 모든 게 더 나을 거라고 찰리 아빠가 그랬거든요. 특히 정치가들이요.

아빠 정치가들이 왜?

아들 중요한 일은 대부분 정치가들이 결정하잖아요. 그런데 만약 요즘처럼 정치가들이 사이코만 아니었어도……

아빠 너, 말조심해라, 알겠니?

아들 사실이잖아요. 좀 들어보세요. 정치가들은 자기 아이들을 위해서라면 아마 못 할 게 없을걸요. 정말 어떤 짓거릴 하는지 누가 알겠어요?

아빠 그럼 정치가들은 자기 아이들을 버린 자식 취급이라도 해야 한다는 거냐?

아들 아뇨. 그치만 정치가들은 다른 아이들도 모두 자기 자식처럼 생각해야 해요.

아빠　네가 아무래도 아이 하나 잘 돌보기가 얼마나 힘든 일인지 잘 몰라서 그런 것 같구나! 정치가도 신이 아닌 이상……

아들　내 말은, 정치가들이 모든 아이들에게 책을 읽어줘야 한다거나 같이 산책을 가야 한다거나 하는 뜻이 아니에요.

아빠　(놀리듯) 그건 신이라도 불가능하지.

아들　아빠! 내가 무슨 말을 하려는지 잘 알잖아요. 정치가가 자기 아이들한테 온갖 좋은 물건들을 다 사줄 수 있으려면 보통……

아빠　오, 세상에! 네가 정치며 정치가들의 생활에 대해 도대체 뭘 안다고……

아들　다 알아요. 모르는 건 아빠라구요! 찰리가 그러는데요, 걔네 아빠가 정치가들은 다른 나라를 가난하게 만들고 그 나라 아이들을 굶어 죽게 만드는 그런 계약은 하면 안 된다고 했대요.

아빠　맙소사! 대체 어떤 정치가가 아이들을 굶어 죽게 만드는 계약을 한단 말이냐! 말도 안 되는 억지야!

아들　그치만 그런 경우가 많은걸요. 돈이 없는 나라의 아이들은 먹을 게 별로 없다구요.

아빠　정치 얘기는 그만두고 하던 얘기나 끝내자꾸나. 쿨리케 부인 얘길 하다가 갑자기 웬 세계 경제는 들먹거리고 그러는 건지…… 이 아빠 네 상상력에 그저 탄복할 뿐이다!

아들 좋아요. 그럼 간단히 요점만 말할게요. '제 자식 귀하면 남의 자식도 귀한 줄 알아야 한다'는 속담 그대로예요!

아빠 그거야 당연한 말이지. 저런 말은 또 어디서 들었을까……

아들 그런데 당연한 게 아니에요. 아직도 곳곳에서 전쟁이 일어나고 있잖아요! 전쟁을 일으킨 사람들은 마을을 공격해서 완전히 쑥대밭으로 만들어놓는다구요. 그건 결국 다른 사람의 아이들을 죽이는 거랑 다를 게 없잖아요.

아빠 네 말대로 그건 정말 비극적인 일이야. 전쟁이란 게 다 그런 거란다. 그래서 정치가들이 전쟁을 막기 위해서 그렇게 노력하는 거잖니.

아들 그치만 찰리 아빠는 그게 서로 다 얽혀 있는 거래요. 전쟁이 일어나면 분명히 이익을 보는 사람도 있잖아요, 그쵸? 잘사는 나라는 무기를 팔아서 더 부자가 되겠죠. 그러면 무기를 만드는 사람은 돈을 많이 벌어서 자기 가족들한테 더 좋은 집을 사주구요. 그리고 전쟁이 일어난 곳에 있는 집들, 그건 모두 잿더미가 되고 말죠!

아빠 그래, 정말 슬픈 일이지.

아들 그게 다 이중 윤리 때문에 생기는 거예요.

아빠 음, 찰리 아빠는 그런 비극을 방지하기 위해서 어떤 해답을 갖고 있는지 슬슬 궁금해지는구나. 그 사람은 뭐라고 하더냐?!

아들 뭐라고 했더라? 좀 어려운 말이어서 잘 생각이 안 나요……

아빠 그럴 줄 알았다!

아들 잠깐만 기다려보세요. 잘 생각해보면 떠오를지도 몰라요. 그러니까 공개적인……이라고 했나, 아니면 공적인……? 아빠, 공적인 윤리라는 것도 있어요?

아빠 그럼, 물론 있지!

아들 아하, 그럼 그거다. 그러니까 공적인 윤리하고 개인적인 윤리가 일치해야 한다고 했어요. 찰리 누나는 그게 자기 집 개만 예뻐하고 밖에 돌아다니는 개는 발로 차서는 안 되는 거랑 같은 거래요.

아빠 그림이 아주 눈에 선하구나. 어째 비유를 해도 꼭……

아들 그리고 또 이런 말도 했어요. 자기 나라에 전쟁이 일어나길 원하지 않는 사람은 다른 나라에 무기를 팔아서도 안 된다구요!

아빠   그건 또 엄청난 논리의 비약이구나! 개에서 국제적 무기 거래까지! 찰리 누나한테 아빠 말 좀 꼭 전해주겠니? 그……(밖에서 싸우는 아이들 소리에 놀라 말을 멈춘다) 저건 무슨 소리냐?

아들   아무것도 아니에요. 저 건너편에 사는 애들 소리예요. 지금 이 앞에서 놀고 있거든요.

아빠   하필 우리 정원 앞에서 말이냐?

아들   놀기 좋잖아요, 널찍하고 예쁘고……

아빠   그래, 난 앞으로도 계속 우리 정원이 예쁘고 깨끗하길 바란다! (창문을 열고 소리친다) 애들아! 저쪽으로 가서 놀아라, 알겠니? 시끄러워서 못살겠구나!

아들   만약 다른 사람들이 날 저렇게 쫓아낸다면……

아빠   넌 다른 집 정원 앞에서 저애들처럼 큰 소리로 떠들며 안 놀잖아, 그렇지?

아들   저야 우리집에 정원이 있으니까요. 근데 아빠, 너무하시는 거 아니에요? 지금까지 이중 윤리들에 대해 얘기했는데……

아빠   이중 윤리라고 하는 거야.

아들   왜요? 여러 개 있으면 '들'을 붙여야 하는 거 아닌가요?

아빠   윤리에는 복수형이 없어, 항상 단수지.

아들   ……문법에서만 그렇겠죠.

아빠   (성난 목소리로) 당연히 문법에서 그렇지. 다른 데서야 그
       런 게 어디 있냐?

일상화된 공포

아들   아빠, 찰리가 그러는데요, 걔네 누나가 왜 사람들을 무서워서 벌벌 떨게 만드는지 이해할 수 없다고 했대요!

아빠   그렇게 알고 싶으면 사람들을 무서워서 벌벌 떨게 만드는 그 사람한테 직접 물어보면 되잖니…… 그건 그렇고 내가 보기엔 너도 다른 사람들을 소름끼치게 만드는 걸 즐기는 것 같구나!

아들   내가 왜요?

아빠   네 손톱 한번 보려무나. 새까맣잖니! 그것도 열 손가락 다!

아들   아휴, 이건 흙 때문에 그런 거예요. 조금 전에 엄마가 고목 나무 옮겨심는 걸 도왔거든요. 금방 씻을 거예요.

아빠 좋아. 근데 찰리 누나는 뭐가 그렇게 무섭다던?

아들 그 누나는 그런 거 없대요. 그런 건 아예 안 보니까요. 누나
는 단지 사람들이 왜 그런 걸 만드는지 그 이유가 알고 싶
은 것뿐이래요.

아빠 누가 뭘 만드는데?

아들 텔레비전 영화 말이에요. 하루도 공포영화를 안 하는 날이
없잖아요. 〈머더 스파이더〉〈식인 상어〉〈프랑켄슈타인과
피바다〉〈포세이돈의 불지옥〉…… 전부 그런 것뿐인걸요!

아빠 싫으면 안 보면 되잖니.

아들 그런 영화는 모두 삼류 싸구려 영화래요.

아빠 물론이지. 척 보면 벌써 싸구려 같지 않니.

아들 근데 사람들은 왜 보는 거죠?

아빠 항상 그래왔으니까. 사실 사람들은 무서운 걸 즐기거든. 너
도 귀신의 집 같은 데 구경 가는 거 좋아하잖아.

아들 난 내가 비명을 지를지 어떨지 시험하고 싶은 것뿐이에요.
찰리랑 항상 내기를 하거든요.

아빠 바로 그거야. 너희들이 그게 무서운지 아닌지 알고 싶어하
는 것하고 똑같은 거라구.

아들 아뇨. 영화는 그거랑 달라요.

아빠	물론 다른 점도 있지. 귀신의 집이야 영화에 비하면 아무것
도 아니니까.

아들	내 말은, 영화에서는 사람들이 당하는 끔찍한 일들을 처음
부터 끝까지 다 지켜봐야 한다는 거예요! 괴물거미가 사람
을 통째로 집어삼키고 식인상어가 다리 한쪽을 물어뜯
고…… 그런 끔찍한 장면들을 모두요!

아빠	아까도 말했지만 그게 싫으면 안 보면 그만이야.

아들	근데 왜 사람들한테 그런 잔인한 영화를 보여주는 거냐구
요!

아빠	요즘 사람들이 오랫동안 집중해야 하거나 많이 생각해야
하는 그런 영화들은 별로 좋아하지 않아서가 아닐까. 액션
영화가 인기 있는 것도 그렇고 말야.

아들	액션영화가 꼭 그렇게 잔인하고 끔찍할 필요는 없잖아요!

아빠	그래, 그건 네가 맞다. '액션영화'는 원래 다이내믹하고 관
객들의 가슴을 시원하게 뚫어주면 되지.

아들	그런데 왜 〈불지옥〉이나 〈피바다〉 같은 걸 만드냐구요.

아빠	똑같은 질문을 벌써 몇 번이나 하는 거냐? 그 이유는 나도
잘 모르겠구나.

아들	찰리 누나는 그 이유를 안대요.

아빠   그래? 그런데 왜 나한테 또 물어본 거니?

아들   누나 말이 맞는지 확인하고 싶어서요.

아빠   그러니까 네 생각엔 그애가 틀렸을 수도 있다는 거지? 네가 드디어 스스로 생각하는 법을 배우게 된 것 같구나! 그래, 그애는 뭐라고 했는데?

아들   누나 말로는 사람들의 담력을 키우기 위해서 그런 영화를 만드는 거래요. 그래서 다른 공포영화에 익숙해질 수 있도록요.

아빠   '다른' 공포영화라니?

아들   정치가들이 만든 영화 말예요.

아빠   오호라, 이제야 알았다! 맹랑한 녀석! 뭐, 우리나라 정치가들이 공포영화를 만든다구?!

아들   꼭 '우리나라' 정치가라고는 안 했어요. 그냥 일반적인 정치가들을 말한 거예요.

아빠   그렇게 무조건 일반화시키면 다냐?

아들   소름이 돋고 등골이 오싹해진다는 건 무서울 때 쓰는 표현이죠, 그렇죠?

아빠   그래, 그런 표현을 쓰지. 그래서?

아들   엄마는 그런 걸 보고 있으면 정말 온몸에 소름이 쫙 돋는 것 같대요.

아빠   공포영화 말이냐?

아들   아뇨, 텔레비전에서 군인들이 총 들고 폼 잡으면서 지나가는 걸 보면요!

아빠   무슨 말인지 잘 모르겠구나. 좀 자세히 얘기해보렴.

아들   아빠도 봤잖아요. 군인들이 거리에서 행진하는 거요. 탱크랑 미사일 같은 거 앞세우고 몇 시간씩 행진하는 거요. 엄마가 그러는데, 그런 게……

아빠   그래, 그런 게 뭐라더냐, 어디 한번 들어보자.

아들   ……잠깐만요, 정리를 좀 해야겠어요. 엄마 말을 잘못 옮기면 안 되니까. 그러니까 그게…… (갑자기 유창하게) 군인들이 그렇게 폼 잡고 나서는 건 시대에 역행하는 짓이래요.

아빠   그건 네 엄마가 잘못 생각하는 거야.

아들   그럼 아빠 생각은 어떤데요? 행진할 때 탱크랑 미사일 대신 고문기구 같은 거 보여주는 건 어때요? 그게 사람들한테는 더 무섭고 효과적일 텐데!

아빠   그건 국민들을 겁주려고 그러는 게 아니야. 군인들이 시가행진을 하는 건 그걸 통해서 국민들한테 씩씩하고 용맹한 군인들이 나라를 안전하게 잘 보호하고 있다는 걸 보여주기 위한 거란 말이야!

아들 훈련한답시고 논밭을 모두 헤집어놓는 것도 나라를 보호하기 위해서예요?

아빠 결국은 그렇다고 할 수 있지. 무기가 아무리 많아도 다룰 줄 모르면 아무 소용이 없으니까.

아들 무기를 언제 쓰는데요?

아빠 그건 그러니까…… 굳이 말하자면 '무기가 필요할 때'지.

아들 그것 보세요. 엄마는 그것도 소름끼친대요.

아빠 이제 그만 해야겠구나. 네 엄마한테 그 예민한 성격으로 다른 사람들한테까지 이상한 영향 끼치지 말라고 해야겠다. 특히 너한테 말이다.

아들 엄마는 예민하지 않아요. 내 숙제 도와주면서 한 번도 소리 지른 적 없는걸요!

아빠 그렇다면 네가 엄마 앞에서는 특별히 얌전한 모양이로구나! 잘 알았다!

아들 그건 아니에요. 엄마가 아빠보다 참을성이 더 많은 거죠. 그래도 공포영화는 죽어도 못 참겠대요! 그런 잔인한 일들이 아무렇지도 않게 받아들여질까봐 걱정된다구요!

아빠 세상에! 공포영화에 나오는 일들이 현실에서 일어나기를 바라는 사람은 없어. 또 원하는 사람이 있다고 해도 그렇게 되지 않을 테니까 그런 쓸데없는 걱정은 안 해도 돼!

아들　그치만 찰리 누나는 그런 것에 익숙해지기 싫으면 싫다고 말해야 한다고 했어요.

아빠　(껄껄 웃으며) 그럼 이제 너도 알겠구나. 찰리 누나의 그 비논리적인 이야기들을 들을 때마다 내가 왜 그렇게 열을 올리는지…… 이 아빠도 그런 말도 안 되는 억지 소리에 익숙해지고 싶지는 않거든!

아들　그건 이거랑 상관없는 얘기잖아요.

아빠　안다, 알아! 일부러 그런 거다. 그 공포영화 얘기에는 벌써 질렸으니까! 이제 그만 하고 거기 신문이나 좀 다오. 오늘 텔레비전 프로그램이나 좀 봐야겠다.

아들　내가 벌써 봤어요. 오늘밤에 〈폭풍 속에 날아온 유성〉하고 〈킬러〉를 해요. 그리고 또 〈정글에서의 죽음〉이란 것도 하구요. 전부 공포영화예요.

아빠　난 별로 안 무서운 걸.

아들　네, 나도 알아요. 며칠 전에 처음 알았어요.

아빠　왜? 무슨 일이 있었냐?

아들　엄마랑 텔레비전을 보고 있는데 아빠가 들어와서는 그랬잖아요. "뭐 저런 재미없는 걸 보고 있어?"

아빠　　그래서?

아들　　엄마가 그 내용을 얘기했죠. 그런데 아빠는 하나도 안 놀라
　　　　더라구요.

아빠　　내가 놀랐어야 하는 거냐?

아들　　(차분한 목소리로) 왜냐면 그건 뉴스였거든요……

언어 혼란

아들   아빠, 찰리가 그러는데요, 걔네 아빠가 우리말에 좀더 신경을 써야 한다고 그랬대요!

아빠   그래, 그거 정말 옳은 애기로구나! 그 말엔 이 아빠도 전적으로 동감이다.

아들   진짜루요?

아빠   벌써 너만 해도 그렇잖니, 말끝마다 진짜, 진짜……! 그럼 뭐 가짜도 있냐? '진정으로' 라든가, '진실로' 라든가 뭐 그런 말도 있잖아. 얼마나 듣기 좋니?

아들   '진짜' 도 좋아요. '진실로' 같은 말은 너무 촌스럽잖아요.

아빠   그럴 때 '진짜' 는 바른말이 아니야. 그런 건 시간이 지나면 다 사라져버린다구.

아들 어차피 사라질 거라면 그렇게 흥분할 필요도 없을 것 같은
데요.

아빠 지금도 듣기 싫으니까 그렇지! 그리고 그 말이 사라질 때쯤
이면 넌 좋은 말은 벌써 다 잊어버린 뒤일걸. 그때 네 어휘
실력은 정말 형편없을 거고!

아들 왜 형편없어진다는 거예요? 새로운 말들이 끊임없이 생기
는데요.

아빠 그런 신조어들은 어휘를 풍성하게 만드는 데는 하나도 도
움이 안 되니까.

아들 그치만 적어도 솔직하긴 하잖아요.

아빠 그래, 네 말처럼 '진짜' 적나라하지.

아들 내 말은 아무것도 숨기는 게 없다구요!

아빠 물론 그럴 테지. 요즘 청소년들은 다른 건 다 잘라먹고 '본
론' 만 얘기하니까! 그래서 이상하게 다 줄여서 말하잖니.
'내 남친 삽질했어!' 뭐 이렇게 말이다.

아들 그 말은 어디서 들은 거예요?

아빠 가게 갔다가 들었다. 어떤 여자애가 친구한테 그러더라. 그
런데 그게 대체 무슨 뜻이냐?

아들　　남자친구가 뭘 했는데 그게 결국 헛고생이었다는 말이에
요.

아빠　　그거 우리말 맞니?

아들　　찰리 아빠는 '마이너스 성장'이라고 말하는 것보단 차라리
'왕재수'라고 하는 게 낫다던데요.

아빠　　무슨 비교가 그러냐?

아들　　정치가들도 늘 새로운 말을 만들어내잖아요. 그것도 국민
들의 판단을 흐리는 말들만.

아빠　　우리 개인적인 감정은 좀 빼고 말하면 안 되겠니?

아들　　찰리 아빠가 그러는데, 정치가들은 국민을 바보로 만들려
고 온갖 노력을 다 한대요!

아빠　　개인적인 감정은 빼라고 했을 텐데?!

아들　　'경제 불황'이라는 말 대신 '마이너스 성장', 아빠도 이상
하다고 했잖아요!

아빠　　그래, 물론 그게 정확한 표현이라고는 할 수 없지. 하지
만……

아들　　만약 내가 작문시간에 그렇게 썼다면 어떻게 됐을까요? 선
생님은 분명 그 옆에다 이렇게 썼을걸요. '논리력 부족! 마
이너스와 성장은 상대어임!'

아빠   그 말이 정확한 표현은 아니라고 했잖니!

아들   그럼 '고품질 유해성분'이란 말은 어떻게 생각하세요?

아빠   '고품질 유해성분'이라구? 그건 또 어떻게 쓰이는 말이냐?

아들   뉴스에서 공장 폐수에 대해 보도하면서……

아빠   ……아, 알겠다!

아들   어떤 독에는 특별히 강한 '고품질 유해성분'이 들어 있다는 거예요. 엄만 그 소릴 듣고 엄청 흥분하던데요!

아빠   네 엄마가 그런 일에 대해 뭘 안다고……

아들   엄마는 고품질이란 말을 들으면 보통 좋은 걸 생각한대요!

아빠   그리고 '유해성분'이란 말을 들으면 부정적인 걸 연상하고? 그러니까 말을 끝까지 잘 들어야지!

아들   그들은 사람들이 제대로 듣길 원하지 않아요.

아빠   그들이 누구냐?

아들   그런 기만하는 말을 만들어내는 사람들이요. 정확히 그게 누구인지는 모르겠지만.

아빠   기만하는 말이라……

아들   그게 그러니까 남자애한테 여자 이름을 붙이는 것도 아니고, 무슨 동물 이름도 아니고……

아빠   ……아직 남았냐?

아들　　네. 애한테 '우리 돼지'라고 하거나 아니면……

아빠　　이제 그만 됐다!

아들　　아빠도 그런 애매모호한 말 때문에 화낸 적 있잖아요!

아빠　　내가? 내가 언제?

아들　　정치가들이 돈을 막 빌려놓고 안 갚으려고 했을 때요!

아빠　　아, 그 '반환 불가 대출' 말이냐? 그건 정말이지 말도 안 되
　　　　는 소리였다구!

아들　　(가만히 있다가 갑자기 흥분하면서) 또다른 말도 생각났어
　　　　요, 아빠! 이건 정말정말 심한 말이에요!

아빠　　됐다, 이제 그만 하자!

아들　　이게 마지막이에요! '자유롭게 해준다' 는 말이요! 사람을
　　　　해고하면서 그렇게 말하잖아요!

아빠　　그건 별 문제가 없는 것 같은데! 더이상 회사에 얽매이지
　　　　않아도 되니까 자유로워지는 거 아니니?

아들　　그치만 결국은 실업자가 되는 거잖아요.

아빠　　그래, 물론 그렇다고 기뻐할 사람은 없겠지.

아들　　하지만 '자유롭게 해준다' 는 말은 꼭 무슨 특별 휴가라도
　　　　보내주는 것처럼 들리잖아요.

아빠　　그게 어떻게 들리든지 간에, 그게 무슨 뜻인지 모르는 사람

은 없어.

아들　그치만 누구나 다 찬성하는 건 아니죠.

아빠　사람마다 이해력이 다르니까.

아들　……그럼 어떤 사람이 이상한 말을 해서 일부러 오해를 불러일으키면요?

아빠　음……

아들　본질이 나쁘면 나쁠수록 더욱 애매모호한 말로 변장을 한다구요.

아빠　(건성으로 들어넘기며) 이젠 '변장한다' 는 말까지! 그건 뭐 단어에다 주문을 걸면 '펑' 하고 변하는 거냐?

아들　지금 우스갯소리 하는 게 아니라구요. 금세기에서 가장 뻔뻔한 단어가 뭔지 아세요? 바로 '폐기물 공원'이에요! 처음 듣는 사람은 아마 큰 공원 같은 건 줄 알 거예요. 사실은……

아빠　(격분해서) 그게 뭔지는 나도 알아! 하지만 핵폐기물을 버릴 곳이 필요한 건 사실이잖니! 그런데 '핵폐기물 처리장' 이라고 하면 주민들이 반대하고 나설 것 아니냐!

아들　당연히 반대해야죠! 핵폐기물은 죽을 때까지 안 없어진다는데. 그건 사람한테나 땅에나 왕 치명적인 거라구요!

아빠 이젠 정말 못 들어주겠구나!

아들 그렇다니까요!

아빠 네 표현 말야!

아들 내 표현이요? 그럼 '폐기물 공원'이란 말은요?

아빠 그건 그냥 이름일 뿐이야!

아들 원래 그런 이름이 있는 것도 아니잖아요. 그것도 누군가 붙인 거라구요.

아빠 그 일과 직접적인 관계가 있는 사람들이 지었겠지.

아들 찰리 아빠는, 그런 사람들한테 실업자 구제 정책을 맡기면 아주 잘할 거래요! 새로운 직업을 끊임없이 생각해낼 테니까요.

아빠 예를 들면 어떤 거냐?

아들 눈 가리는 사람, 딴 데로 주의 돌리는 사람, 국민들 바보로 만드는 사람, 말 바꾸는 사람……

아빠 ……그럼 지금 있는 직업 중에 필요 없는 것들도 한번 세어 봐라. 정치가들 무조건 비방하는 사람, 남의 기분 망치는 사람, 사고뭉치……!

아들 맞아요, 그런 사람들도 필요 없어요.

아빠 이제 알았니?

아들   찰리 아빠 그 대신 꼭 필요한 사람들도 있대요.

아빠   어떤 사람들 말이냐?

아들   통찰가랑 계몽가요! 그것도 아주 많이요!

엄마의 에어로빅 강습

아들　아빠, 찰리가 그러는데요, 걔네 아빠가 감정은 발산해야 된
　　　다고 했대요!

아빠　먼저 들어오기나 해. 재킷은 벗어서 옷걸이에 걸고 현관문
　　　도 잘 닫아야지!

아들　네 알았어요. 그런데 지금 그런 게 중요한 게 아니란 말예
　　　요……

아빠　나한텐 그게 더 중요해. 난 네가 문이란 문은 죄다 열어놓
　　　는 꼴은 못 보겠다. 네 물건들을 여기 하나, 저기 하나, 툭
　　　툭 던져놓는 것도 그렇고. 혹시 이럴 때 내 기분이 어떤지
　　　알고 싶다면 말이다.

아들 알았어요, 감정은 모두 중요하니까요. 감정이 없으면 사람
도 아닌걸요!

아빠 그래, 바로 그거야. 그렇지만 사람이 감정을 갖고 있다는
것과, 그 감정을 다룰 줄 안다는 건 별개의 문제지.

아들 (아빠의 말에 동조하면서 열정적으로) 찰리가 그러는데, 걔
네 아빠가 자기 감정을 억누르는 사람은 위염에 걸리거나
정신 이상자가 된다고 했대요!

아빠 그래? 난 좀 생각이 다른데. 사람들이 자신의 감정을 있는
그대로 다 표출한다면 이 세상은 한순간에 정신병원으로
변할 거다! 사람들이 모두 고함지르고 욕하는 장면을 한번
상상해봐라. 그런 아수라장이 또 어딨겠니! 생각만 해도 끔
찍하구나!

아들 (질책하는 듯) 아빤 감정이라면 화내는 것밖에 모르는 거예
요?

아빠 그게 아니라면 뭘 말하는 거냐?

아들 전부 다요! 모욕을 당했을 때, 두려움을 느낄 때…… 아니
면 어떤 사람이 훌륭하다고 생각될 때 드는 감정 같은 것들
이요!

아빠 오호라, 그러니까 네 말은 야채가게에 늘어놓은 채소들처

럼 사람의 마음도 그렇게 다 펼쳐보여야 한다는 거냐? 아들아, 한마디하마. 성숙한 어른이란 자신의 감정을 다스릴 줄 아는 사람이란다. 실망을 하거나, 두려움을 느끼거나, 그밖에 다른 어떤 감정이라도 말이야.

아들　하지만 찰리가 그러는데, 감정은 어떻게든 떨쳐버려야 한대요!

아빠　사람들이 흔히 그렇게 말하긴 하지만 현실은 그렇지 않아! 네 말대로라면 아빠가 내일 아침에 출근하면서 사무실에 있는 비서 아가씨한테 그러기라도 해야 한다는 거냐? "참 섹시하군요" 뭐 그렇게? 그런 말도 안 되는 소리가 어디 있니?

아들　아빠, 정말 아빠 비서가 섹시하다고 생각해요?

아빠　그건 물론 아니야. 하지만 일하는 게 어찌나 야무진지 그 아가씨 없이 나 혼자선 아무것도 못할 정도란다.

아들　그 비서한테도 그런 말 했어요?

아빠　아니, 적어도 내가 기억하기로는……

아들　그치만 아빠가 한 번도 그런 칭찬을 안 했다면…… 콤플렉스를 느낄지도 모르잖아요.

아빠　(한숨을 내쉬며) 콤플렉스라고?

아들   찰리가 그러는데, 걔네 누나가 여자들은 콤플렉스가 많다고 그랬대요. 남자들이 늘 자기들만 최고인 것처럼 굴어서요. 그리고 남자들은 모든 걸 혼자서 결정한대요!

아빠   그애가 그런 말을 하다니 의외인걸! 찰리 아빠야말로 그 가족에 관한 모든 일을 혼자 결정하는 사람인 줄 알았는데!

아들   그건 모르겠어요. 어쨌든 찰리네 가족들은 어떤 얘기든지 서로 숨기는 게 없어요.

아빠   그래? 예를 들면 어떤 거 말이냐.

아들   예를 들면…… 얼마 전에는 식구들이 모두 모여 있는데 찰리 누나가 그러더라구요. 어릴 때 부모님이 찰리만 좋아하는 줄 알았다구요.

아빠   그건 분명 오해였을 거야.

아들   네, 맞아요. 그치만 그것도 일종의 감정이잖아요, 그쵸? 누난 그 얘길 털어놓고 나니까 마음이 훨씬 편하댔어요.

아빠   그거 참 다행이로구나. 하지만 그런 문제라면 우리집에선 일어날 가능성이 없겠구나.

아들   왜요?

아빠   넌 다른 형제가 없잖니.

아들   그래도 간혹 느끼는 건 있어요……

아빠 그게 뭔데?

아들 아빠 아들보다 딸을 더 좋아하는 것 같다는 느낌요……

아빠 (당황하며) 너 어떻게 그런 황당한 생각을 다 하게 된 거
냐?

아들 여자애들만 보면 아빠 너무 잘해주잖아요. 나는 늘 야단만
치면서……

아빠 하느님 맙소사! 어떤 부모건 자기 아이한텐 야단도 치고 그
러는 거야. 그런 게 바로 교육이라구. 혹시 이 말이 널 안심
시킬 수 있을지 모르겠다만, 이 아빠 네가 태어나기 전부터
아들을 갖고 싶었고, 그래서 네가 아들인 걸 알았을 때 너
무너무 기뻤단다. 이 아빠 마음을 좀 알겠니?

아들 흠……

아빠 이제 우리 가족 중에 누구 한 사람이 위염에 걸리거나 정신
병자가 될 위험은 없는 걸로 믿으마.

아들 글쎄요……

아빠 왜, 또 뭐냐?

아들 내 말은 그냥…… 내 생각엔 엄마도 감정을 다 털어놓지
못하는 것 같거든요!

아빠 너 또 네 멋대로 상상하는 거 아니니? 그게 아니라면 네 엄

마가 다 털어놓지 못했다는 그 감정이란 게 도대체 뭔지 이 아빠한테 말해줄 수 있겠니?

아들 나도 뭐라고 확실히 말하긴 어려워요. 그치만 엄만 항상 아빠한테 모든 걸 다 맞춰줘야 하잖아요. 매일매일 정해진 시간에 식사 준비를 해야 하고 또 아빤 아빠 친구들만 늘 집으로 초대해서……

아빠 그럼 내가 네 엄마 친구는 집에 오지 못하게 하기라도 했다는 거냐?

아들 아빤 엄마 친구들을 싫어하잖아요.

아빠 그건 다 그럴 만한 이유가 있어서 그런 거야!

아들 그리고 여름에 바캉스 갈 때도 항상 아빠가 가고 싶은 곳으로만 가구요!

아빠 네 엄마가 가고 싶어하는 곳은 날씨가 너무 더워. 난 그런 더운 나라는 딱 질색이라구!

아들 아빤 엄마가 직장도 못 나가게 하잖아요!

아빠 그건 네가 뭘 잘 몰라서 그런 거야. 사실 네 엄만 그런 점에서 복 받은 거라구! 직장에 안 나가도 되는 게 얼마나 편한 건데. 세상에 네 엄마처럼 편하게 살 수 있는 여자들이 어디 흔한 줄 아니? 어쨌든 네 엄마랑 얘길 한번 해봐야겠구

나. 네 엄마 지금 에어로빅 강습 갔니?

아들 네, 그런데 다이내믹 강습이라고 부른대요.

아빠 뭐라고 한다구?

아들 '다이내믹' 이라고……

아빠 에어로빅이 아니고?

아들 에어로빅 비슷한 것도 하긴 한대요. 음악에 맞춰서 쿵쿵 뛰고 구르고 고함도 지르구요. 악을 쓰면서 최대한 크게!

아빠 뭐, 사람들이 뭘 한다구?

아들 고함지르고 바닥에 자빠져서 데굴데굴 구르기도 하고……

아빠 (엄한 말투로) 방금 그 말 다시 한번 해봐라……

아들 ……그러니까 바닥에 누워서 몸을 구른다구요. 뭉친 데를 풀어주려고……

아빠 그런 게 있단 소린 생전 처음 들어보는데…… 그런데 넌 어떻게 그렇게 잘 아니?

아들 며칠 전에 텔레비전에서 봤어요! 아이 참, 아빠 기억 안 나요?

아빠 아니, 모르겠는걸! 그냥 건성으로 봤나보지!

아들 근데 우리집에까지 광고지가 날아온 거예요.

아빠 음, 광고지가 왔다구? 그래서? 그래서 네 엄마가 설마……

아들 엄마도 한번 해보고 싶댔어요, 어떤 건지…… 그냥 재미루
요!

아빠 고함지르고 바닥을 구르고 하는 걸 해보고 싶었단 말이지.
그게 다야?

아들 네, 그게 다예요. 끝날 때가 되면 전부 녹초가 돼서 몇 분
동안 가만히 있는대요.

아빠 됐어, 그만하면 알겠다. 너 혹시 그거 어디서 하는지도 아
니?

아들 아빠도 같이 하려구요?

아빠 내가 미쳤냐? 난 그런 거 필요 없어.

아들 정말 그럴까요? 하긴, 아빠 고함지르는 건 연습할 필요도
없을 테니까……

그렇게 웃어보긴 정말 오랜만이야!

아들 아빠, 찰리가 그러는데요, 걔네 아빠가 웃는 게 항상 건강
한 건 아니라고 했대요!

아빠 뭐? 뭐가 안 건강하다구?

아들 웃는 거요! 많이 웃을수록 건강하고 오래 산다고 하잖아요.
그치만 꼭 그런 건 아니라구요. 누구를 위해서 웃느냐에 따
라서 다르대요.

아빠 그렇겠지. 막 맹장염 수술을 받은 사람한테는 틀림없이 웃
는 게 안 좋을 거다……

아들 그럼 배가 아프니까요……

아빠 그래.

아들　찰리 아빤 맹장염이 아니어도 배가 아프대요.

아빠　웃을 때 말이냐? 그럼 당장 병원에 가봐야겠구나.

아들　찰리 아빠가 웃을 때가 아니라 다른 사람들이 웃을 때요! 사람들이 웃는 이유 때문에요.

아빠　이제 마음대로 웃지도 못하냐? 정말이지 찰리 아빠 말은 참을 수가 없구나.

아들　바로 그거예요, 찰리 아빠 얘기두요. 가끔 사람들이 우습다고 생각하는 걸 보면 정말 참을 수가 없대요.

아빠　별로 안 웃기면 안 웃으면 되잖니. 간단한 걸 가지고!

아들　아뇨, 그렇게 간단한 게 아니에요. 찰리 아빠는 그런 사람들이 더이상 웃지 못하게 무슨 대책을 세워야 한다고 했어요.

아빠　뭐? 웃는 게 맘에 안 든다고 사람을 두들겨 패기라도 하겠다는 거냐?

아들　사실은 나도 한바탕 한걸요, 베르너 녀석하구요.

아빠　그 녀석이 잘못 웃어서 말이냐?

아들　아뇨, 베르너가 다른 애들한테도 웃으라고 강요했거든요. 그애는 매일 터키 사람들을 무시하는 농담을 배워와서 다른 애들한테 해줘요. 나치주의자들이나 할 그런 얘기들을

요! 독가스니 뭐니 그런 거 있잖아요! 알리가 그것 때문에 거의 울 뻔했어요. 그래서 우리가 베르너를 두들겨 패줬어요.

아빠	앞으로는 제발 그러지 말아라, 알겠니? 그런 농담은 나도 별로 안 좋아한다만…… 실은 아주 싫어해. 하지만 어느 곳이든지 튀는 농담으로 다른 사람들의 시선을 끌어서 우쭐대길 좋아하는 사람들이 있게 마련이지.

아들	하지만 그런 건 정말 비인간적인 농담이라구요!

아빠	그래, 네 말이 맞다. 하지만 터키인들을 놀리는 농담 몇 개 한다고 다 나치주의자는 아냐.

아들	그럼 몇 개나 해야 나치주의자인데요?

아빠	아빠 말 잘 들어보렴. 농담을 한다고 해서 그 사람이 꼭 그렇게 생각하고 있다는 건 아니란다. 그리고 그런 농담으로 사람들 마음을 움직일 수 있는 건 더더욱 아니고. 때로는 농담이 사적인 불만을 해소시키는 탈출구 역할을 할 수도 있어.

아들	무슨 사적인 불만요? 대부분의 사람들은 외국인들을 잘 알지도 못한다구요. 자기한테 그런 친구가 있으면……

아빠	그래, 나도 알아. 알리는 네가 찰리 다음으로 좋아하는 친구이고, 앞으로도 개랑 계속 잘 지내고 싶을 테니까. 알리한테 그런 농담 따윈 신경 쓸 필요 없다고 해라. 정치가들을 한번 보렴. 그 사람들은 그것보다 훨씬 더 심한 농담을 듣고도 끄떡없잖아!

아들 그렇다고 정치가들을 해치는 사람은 없잖아요. 그리고 그 농담들 진짜 이상해요. 아빠도 들었어요? 콜 수상이랑 슈트라우스 장관이랑 교황이 같이 비행기를 타고 가는데 갑자기……

아빠 됐다! 그런 유치한 농담 따윈 별로 듣고 싶지 않구나!

아들 안 웃기면 안 웃어도 돼요. 콜 수상하고 슈트라우스 장관하고 교황하고……

아빠 됐다니까! 아빤 네가 그런 농담하는 거 듣고 싶지 않다, 절대로!

아들 왜요?

아빠 왜냐하면…… 그냥 싫어. 네가 그렇게 해서라도 사람들 앞에서 튀고 싶다면 잡지를 보렴. 거기 많을 테니까.

아들 찰리 누나는 그것 때문에 항상 흥분해요. 너무 불공평하대요.

아빠 불공평하다구? 아빤 별로 그렇게 생각하지 않는걸, 적어도

나한테는 말야. 세상에 떠도는 농담들까지 공평한지 아닌
지 가리고 싶진 않다구.

아들 그치만 얼마나 심한 농담들이 많은데요. 할머니에 대한 농
담, 예쁘지 않은 여자들에 대한 농담……

아빠 남자들을 비웃는 농담들도 많아. 여자들에 대한 농담이 더
많다면 그건 아마 남자들이 그런 농담을 더 많이 만들어내
기 때문일 거다. 남자들이 상상력이 더 풍부한 건지도 모르
지.

아들 그치만 그런 농담들은 웃기지도 않아요.

아빠 그럼 아무도 웃지 않을 테니까 더 잘된 일이고.

아들 그치만 아빠도 웃었잖아요. 베버 아저씨가 농담했을 때.

아빠 베버 씨가 무슨 농담을 했는지 기억이 안 나는데?

아들 약의 부작용에 관한 거였어요.

아빠 그래도 모르겠구나.

아들 아이 참! 어떤 남자가 다른 남자한테 "약들 중에는 특히 부
작용이 심한 것도 있어" 했더니 그 남자가 "그래, 나도 알
아. 우리 장모님은 몇 년 동안 계속 약을 드시는데 지금 벌
써 여든다섯이라구!" 했다는 얘기 있잖아요.

아빠 (터져나오려는 웃음을 억지로 참으며) 흠…… 뭐 그렇게

심한 것도 아닌데 뭘.

아들 할머니가 들었으면 별로 우습다고 생각 안 했을걸요? 할머
니도 벌써 여든이 넘었는데……

아빠 그 자리에 할머니가 계셨던 것도 아니었잖니. 그 앞에서야
그런 농담을 하겠니?

아들 베버 아저씨는 그랬어요.

아빠 왜? 그때 노인은 하나도 없었는데?

아들 다른 농담 말예요.

아빠 집에 손님 계실 때 어른들 얘기 엿듣지 말라고 했었지?!

아들 농담 때문에요? 내가 들으면 안 되는 농담이라도 있는 거예
요?

아빠 네가 우리집에서 일어나는 일들을 찰리네 식구들한테 시시
콜콜 모두 얘기하는 것 같아서 그러는 거야. 그건 아주 나
쁜 습관이라구.

아들 난 그런 적 없어요! 베버 아줌마가 기분 나빠하는 걸 눈치
챈 것뿐이라구요.

아빠 ……그렇구나. 그래, 베버 박사가 그날 술이 조금 과했던
건 사실이야. 그럴 땐 생각지도 못했던 말들도 튀어나오고
그러는 거야.

아들 아빠는 "취했을 때 하는 말이 진심"이라고 했잖아요. 아빠, 베버 아저씨는 아줌마가 정말 죽기를 바라는 걸까요?

아빠 얘가 정말! 그건 절대로 아니야! 그 부부는 누가 뭐래도 정말…… 정말 사이 좋은 부부라구!

아들 그럼 왜 그런 농담을 했을까요? 아빤 기억 안 나요?

아빠 아빤 농담 같은 건 한 귀로 듣고 한 귀로 흘려버린단다. 너도 그런 걸로 복잡해할 필요 없어!

아들 그치만 엄마도 기억하는걸요. 엄마도 엄청 화났었거든요, 그 농담 때문에. 그게 뭐였냐면요……

아빠 됐다, 그날 일은 이쯤 해두자!

아들 "세상 여자들은 모두 특별하다. 내 여자만 빼고."

아빠 아, 그거! 그건 그냥 말장난이잖아.

아들 아빠도 웃었잖아요!

아빠 예의상 그런 거지. 상대방 농담에 안 웃어주는 것도 실례니까.

아들 실례면 어때요! 그럼 적어도 베버 아저씨가 잘못했다는 걸 깨달았을 거 아니에요.

아빠 그래, 네 말이 맞다. 하지만 상대방 마음에 상처를 줄까봐 그러기가 어렵단다.

아들 그 대신 다른 사람이 상처 입었잖아요. 농담하는 사람이 상처를 입건 아니면 웃음거리가 된 사람이 상처를 입건 누구한 사람은 상처를 입는다구요.

아빠 그런 농담을 그렇게 심각하게 받아들일 필요는 없어. 그리고 모든 사람 마음에 다 들 순 없는 거 아니냐, 안 그러니?

아들 그건 그래요.

아빠 그렇지?

아들 그런데 아빠는 왜 하필 잘못한 사람 맘에만 들려고 하는 거예요?

우선권

아들 아빠, 찰리가 그러는데요, 걔네 아빠가 요즘에는 꼭…… 어, 뭐더라? 단어를 잊어버렸어요!

아빠 뭔지는 모르겠다만 그럼 그냥 다 잊어버려라.

아들 싫어요! 정말 재미있는 얘기였단 말예요!

아빠 별로 그렇지도 않았나본데, 네가 잊어버린 걸 보면!

아들 아빠가 좀 도와주면 금방 다시 생각날 거예요. 뭘 둬야 한다고 했는데……

아빠 어디다 두는데?

아들 어디가 아니구요, ○○○를 둬야 한다구요. 그렇지 않으면 뭐부터 해야 할지 몰라서 우왕좌왕하게 된대요.

아빠 혹시 유종의 미를 거둬야 한다, 뭐 그런 말은 아니었니? 어떤 일이든지 마무리가 중요하다는 뜻인데.

아들 그건 아닌 것 같아요. 그거말고 다른 표현도 있었는데…… 그 말을 하면서 또 뭐라고 했냐 하면요, 자신에게 제일 중요한 게 뭔지 잘 생각해봐야 한댔어요. 그리고 일단 그 일부터 해야 한다고 했어요.

아빠 혹시 우선권을 둬야 한다는 말 아니니?

아들 우와, 역시 우리 아빠다! 바로 그거예요! 우-선-권!

아빠 앞으론 네가 내는 수수께끼를 하나씩 맞출 때마다 아빠한테 상금을 주는 게 어떻겠니?

아들 생각을 많이 하면 치매 예방도 되고 좋잖아요!

아빠 그런 식으로 치매 예방하다간 내 명대로 못 살 것 같구나. 그건 그렇고 그 우선권 리스트가 어쨌다는 거냐?

아들 우선권 리스트 같은 건 없어요. 찰리 아빠는 스스로 주의하지 않으면 혼란스러워질 거라고 한 것뿐이에요. 수십 가지 일들을 잔뜩 벌여놓기만 하고 한 가지도 제대로 못 하게 된다구요.

아빠 그건 누구보다 네가 꼭 명심해야 할 말인 것 같구나! 너야말로 이 일 저 일 시작만 했지 한 가지도 제대로 못 끝내잖니!

아들   하지만 모든 걸 한꺼번에 하진 않아요! 그리고 어떤 일들은 내가 원해서 시작한 것도 아니구요. 테니스만 해도 그래요. 아빠한테 깜빡 속은 거라구요.

아빠   내 앞에서 그 얘기는 꺼내지도 말아라! 장비란 장비는 다 사놓고, 한 달 레슨비도 다 지불했는데…… 게다가 그 테니스 강사는 네가 천부적인 소질을 타고났다고 했단 말이야…… 으이그!

아들   그 테니스 클럽에는 하나같이 재수 없는 애들밖에 없었어요.

아빠   재수가 없다니! 네 또래 아이들과 친해질 수 있는 절호의 기회였는데, 그것도 모르고…… 넌 그 대신 찰리랑 유도장에서 뒹굴기를 더 원했지!

아들   어차피 다음주면 끝이에요.

아빠   중급반도 있잖아?

아들   관둘래요.

아빠   넌 도대체 뭐 하나 끝까지 하는 게 없구나!

아들   내가 뭘요? 지금 할 줄 아는 것만으로도 충분하단 말예요. 내 엎어치기 실력 한번 볼래요?

아빠　　됐다. 보고 싶을 때 얘기하마.

아들　　메치기는 어때요?

아빠　　됐다니까.

아들　　그럼 뭐 할 수 없죠…… 이제 찰리랑 밀림탐험대에 들어갈 거예요.

아빠　　그건 또 뭐냐? 혹시 주말마다 야외에다 텐트 치고 야영하는 거 아니니?

아들　　아빠 그런 거 싫어해요? 그게 얼마나 좋은 건데요. 거기선 매일 한 가지씩 착한 일을 하라고 가르쳐요.

아빠　　착한 일? 말이야 쉽지. 선행한답시고 괜히 길 가는 할머니나 성가시게 안 하면 다행이겠구나. 먼저 부탁한 것도 아닌데 길 건너까지 모셔다드린다고 억지로 팔을 잡아당기거나 하는 것 말이다!

아들　　조심할게요.

아빠　　그건 그렇고, 밀림탐험대라…… 그 다음엔 서커스냐? 이젠 네가 정말로 하고 싶은 게 뭘까 신중하게 생각해봐야 되는 것 아니니?

아들　　아빠 아빠가 뭘 하고 싶은지 잘 알아요?

아빠　　그렇다마다.

아들　(조심스럽게) 엄마가 그러는데요, 비디오카메라는 괜히 산 것 같대요. 그거 사놓고 한 번도 제대로 사용한 적 없잖아요. 망원렌즈도 그렇구요.

아빠　너 보자보자 하니까 점점…… 여가 시간에 내가 뭘 하든 그건 너나 네 엄마가 상관할 바가 아니야!

아들　엄마는 아빠가 비디오를 찍을 정도로 그렇게 한가하지 않다고 하던데요. 또 새로 산 오디오도 선이 너무 많아서 뭐가 뭔지 아직 잘 모르잖아요!

아빠　너희가 좀 도와주면 되잖아! 네 엄마…… 그런데 네 엄만 왜 안 보이니?

아들　감옥모임에 가셨어요.

아빠　뭐라구??

아들　엄마 쪽지 못 봤어요? 영어로 썼던데…… 여기요!

아빠　(중얼거리며 읽는다) "……늦어도 아홉시까진 돌아올게요. 국제사면기구 강연이 있어요." 아, 이거! 어젯밤에 얘기했던 그건가보구나.

아들　엄만 지금부터라도 어떤 일에 적극적으로 참여하고 싶대요.

아빠　그러려면 이 이상한 기구 말고 좀더 유익한 걸 찾아보지……

아들 뭐가 이상한데요? 죄 없이 감옥에 갇힌 사람들을 구하기 위한 모임이라던데요.

아빠 그 사람들이 정말 죄가 있는지 없는지 자기들이 어떻게 알아서……

아들 정부 정책에 반대한다고 해서 다 죄인인가요? 엄마는 그게 제일 끔찍한 것 같대요. 죄도 없이 감옥에 갇히는 거 말예요! 그리고 찰리가 그러는데, 걔네 아빠가 그런 일은 누구에게나 닥칠 수 있다고 했대요. 자기도 모르게 휘말려들 수도 있고, 또 여행을 갔다가……

아빠 그래, 특히 무슨 일에건 간섭하길 좋아하는 사람은 더욱 그렇겠지! (혼잣말로) 이건 별로 잘하는 짓이 아닌 것 같은데…… 그건 그렇고 에어로빅은 어떻게 됐지? 뭐라더라……?

아들 그만두고 싶다고 그랬잖아요. 이젠 자신만을 위해서 살지 않고 다른 사람들을 위해 일하고 싶다구요.

아빠 아하! 어려운 사람들을 도와주는 선량한 이여, 그대의 영혼은 고귀할지니! 네 엄마, 혹시 고등학교 때 만들었던 시화집이라도 들춰본 거 아니냐?

아들 　모르겠는데요…… 아참, 아빠! 슈뢰더 아저씨가 아빠 갖다

드리라고 초대장을 줬어요. 구민음악연합회 회장단 회의가

있다고 아빠도 꼭 오시래요!

아빠 　난 안 간다.

아들 　슈뢰더 아저씨가 그러는데, 사람들이 전부 가입만 해놓고

활동을 안 한대요!

아빠 　모두들 할 일이 많으니까 그렇지!

아들 　찰리 아빠가 얘기한 것도 바로 그런 거예요. 그게 다 사람

들이 말만 해놓고 정작 행동으로 보여줘야 할 때는 가만히

있기 때문이래요!

아빠 　아들아, 자신의 의사를 표현한다는 건 네가 생각하는 것보

다 훨씬 더 중요한 일이란다! 예를 들어 선거 때 제대로 된

후보에게 표를 던지는 것도 사회에 이바지하는 길이야.

아들 　제대로 된 후보는 직접 행동으로 보여주는 사람이겠죠?

아빠 　어떤 일이 일어날 수 있도록 계기를 마련해주는 사람일 수

도 있고.

아들 　그럼 진짜로 일을 하는 사람은 누구예요?

아빠 　그 일에 제일 이해 관계가 많은 사람이겠지.

아들 　그럼 자기 자신만 생각하는 사람들이란 말예요?

아빠   움직이지 않으면 제일 큰 손해를 볼 사람이라는 뜻이야.

아들   아빠한테도 그런 일이 있어요?

아빠   그럼! 네가 생각하는 것보다 훨씬 더 많지. 아참, 아빠 그만 기념비 보존회에서 일하는 로롤프 씨한테 가봐야겠다. 나한테 서명을 부탁했거든.

아들   뭐 때문에요?

아빠   우리 앞집을 철거하지 말라고 시에 항의서를 넣었거든. 그렇지 않으면 앞으로 이 년 동안 우리집 앞이 온통 공사장으로 변해버릴 테니까. 참, 깜빡할 뻔했구나! 네 엄마 들어오거든 오늘 할아버지 뵈러 가기로 한 건 미뤄야겠다고 말씀드려라. 난 저녁에 또 카드 모임이 있으니까.

아들   그치만 양로원 원장님한테 편지 쓰기로 할아버지랑 약속했잖아요. 할아버지 할머니들 모두 아빠 편지만 기다리고 있는데.

아빠   그래, 나도 알아.

아들   새 관리인이 텔레비전이 있는 휴게실 문을 너무 일찍 닫는대요…… 모두들 한참 재미있게 보는데 문을 잠궈야 한다고 모두 쫓아내버린다잖아요.

아빠   그래, 나도 안다니까. 그럼 편지는 네 엄마더러 좀 쓰라고 해라.

아들　　네, 알았어요.

　　　　(침묵)

아빠　　(건성으로) 또 뭐냐?

아들　　아빠, 얘기 하나 해도 돼요?

아빠　　버르장머리 없는 얘기만 아니라면……

아들　　엄마를 칭찬하는 게 버르장머리 없는 건가요?

아빠　　그건 아닐 것 같구나.

아들　　내가 보기엔요…… 엄마가 아빠보다 훨씬 더 잘 두는 것 같
　　　　아요, 우선권 말예요!

그건 당연해요

아들   아빠, 찰리가 그러는데요, 걔네 아빠가 요즘 사람들이 놀랍다고 하는 일들을 보면 정말 문제래요!

아빠   그건 또 무슨 소리냐? 사람들이 뭐에 놀라든 그건 자기들 마음이지, 그게 찰리 아빠 마음에 다 들어야 하는 거니?

아들   그치만 찰리 아빤 사람들이 그러는 게 나쁜 징조라고……

아빠   잠깐, 너 혹시 이 아빨 또 괴상한 정치 논쟁에 끌어들일 속셈이라면……

아들   ……아니에요! 정치에 관한 일이라면 이젠 놀라는 사람도 없는걸요.

아빠   그럼 찰리 아빠가 문제라고 하는 게 대체 뭐냐? 요즘 사람들이 어떤 일에 놀라길래 그러는 거냐구?

아들   너무 당연한 일들이요!

아빠   그건 오히려 좋은 징조 같은데?!

아들   왜요?

아빠   왜냐하면, 요즘은 너무 많은 일들이 당연하게 생각되곤 하
       니까. 그러니 사람들이 그런 일에 새삼 놀란다는 건 오히려
       환영할 일 아니니? 자신들의 정신이 아직 건강하다는 사실
       을 확인하는 것도 되고!

아들   그치만 아주 정상적인 일에 놀라는 사람의 정신이 건강하
       다고 볼 순 없잖아요.

아빠   말 빙빙 돌리지 말고 빨리 본론이나 말해봐. 아빠 아직 할
       일이 남았단 말이야!

아들   언젠 뭐 할 일이 없었나요? 그래서 얼마 전에 나도 좀 놀랐
       지만……

아빠   뭐 때문에 말이냐?

아들   한 시간 동안이나 내가 공룡 만드는 거 도와줬을 때요. 전
       화벨이 울리는데도 안 달려갔잖아요! 그리고 혼자 해보라
       고도 안 했구요. 보통때 같았으면 십 분도 못 견뎠을 텐
       데……

아빠 그래, 그날은 정말 운이 좋았어. 우릴 방해하는 게 아무것
도 없었으니까.

아들 할머니는 나랑 같이 뭐 만들 때는 전화가 와도 절대 안 받
아요.

아빠 할머니는 이제 직장 생활을 안 하시잖니. 그러니까 그러실
수 있는 거야.

아들 그치만 엄만 정말 급한 용건이 있는 사람은 분명 다시 전화
할 거라고 하던데요!

아빠 기가 막혀서 웃음도 안 나오는구나! 전화벨만 울리면 목욕
을 하다가도 뛰어나가는 사람이! ……얘기가 또 삼천포로
빠진 것 같군.

아들 아니에요, 바로 그 얘기를 하려던 참이에요. 그러니까, 며
칠 전에 찰리 아빠가 어떤 아줌마한테 집까지 태워다줘도
되겠냐고 물어봤대요.

아빠 ……집까지 태워다준다고?

아들 네. 그건 아주 정상적인 일이잖아요. 그 아줌마 집이 찰리
네 집에서 가까운데다가 무거운 장바구니까지 들고 있었대
요.

아빠 아, 그랬구나. 그렇다면 그건 있을 수 있는 일이지.

아들 근데 그 여자가 너무 놀라더래요. 처음에는 찰리 아빠 말을
     못 알아듣는 것 같더래요. 지금까지 살면서 그런 적이 한
     번도 없었다구요. 그리고 차를 타고 오는 내내 어떻게 보답
     해야겠냐고 하더래요, 글쎄!

아빠 그건 좀 과장된 것 같구나……

아들 그쵸? 그건 당연한 건데.

아빠 그러게 말이다.

아들 그치만 아직까지 그런 일이 한 번도 없었다는 건, 사람들이
     그런 당연한 일을 안 했다는 애기잖아요!

아빠 요즘에는 누구나 차가 있다고 생각해서일 거야.

아들 그치만 할아버지 할머니들은 안 그렇잖아요.

아빠 그럼 할아버지 할머니가 걷는 걸 즐기거나 걸어가고 싶어
     한다고 생각하는 거겠지.

아들 무거운 시장 바구니를 들고요?

아빠 아니면 아직 쇼핑을 더 할 것처럼 보였거나. 다른 가게에서
     말야.

아들 할머니를 차에 안 태워주려고 핑계거릴 찾는 건 아니구요?

아빠 지금 내 얘길 하는 게 아니잖니! 난 그저 다른 사람들이 그
     럴지도 모른다는 것뿐이야.

아들 그럼 그 사람들은 왜 차가 없는 사람들의 입장에선 생각해 보지 않는 거예요?

아빠 그건 왜냐하면, 왜냐하면 말이지. 네 얘긴 다 끝난 거냐?

아들 며칠 전에 아빠도 그랬잖아요. "세상 참 많이 좋아졌다"고.

아빠 내가 무슨 생각으로 그런 말을 했는지 기억이 안 나는걸?

아들 기술자가 왔을 때요, 하수구를 뚫으러. 아빠가 어떻게 이런 일이 있을 수 있냐면서 놀랐잖아요!

아빠 아, 수리비가 너무 비싸서 그랬나? 그랬던 것 같기도 하구나.

아들 아뇨, 그 아저씨가 3시에 온다고 했는데 진짜 3시에 올 줄은 몰랐다구요.

아빠 아하, 그래, 맞아! 그건 정말 의외였어. 덕분에 기분이 좋아졌지! 요즘 세상에 시간을 그렇게 정확히 지킨다는 건 정말 기대하기 힘든 일이거든.

아들 찰리 아빠 얘기도 바로 그런 거예요. 아주 당연한 일에 놀라게 되는 데에는 분명 다 이유가 있다구요.

아빠 요즘 사회에 난무하는 불성실함과 게으름 때문이지. 찰리 아빠 말이 옳아!

아들 찰리 아빤 무관심 때문이래요. 사람들이 다 자기 밥그릇만

챙기려고 하니까 그런 거라구요.

아빠 또 그러는구나. '자기 밥그릇'이란 말 대신에 '자기 일'이라든가 '자기 문제'라고 하면 그렇게 부정적으로 들리지도 않는다구.

아들 어쨌거나, 다른 사람들한테 문제가 생기면 어떡해요?

아빠 (한숨을 내쉬며) 내 코가 석 자인데 어떻게 다른 사람 일까지 신경 쓰겠니? 자기 일은 자기가 해야지.

아들 난 그냥 아빠가 쿨리케 할머니 때문에 놀라지 않았나 물어보려고 한 것뿐이에요.

아빠 쿨리케 부인 때문에? 그래, 실은 정말 놀랐지! 그렇게 오랫동안 이웃에 살았지만 우리집 정원으로 넘어온 사과를 따려고 요가를 안 한 건 이번이 처음이니까! 어쩐 일인지 나한테 사과잼 만드는 법까지 한참 설명하던걸! 울타리 너머로 말이야.

아들 할머니가 왜 변했는지 아세요?

아빠 사랑에 빠졌거나, 특별히 기분 좋은 일이라도 있나보지……

아들 아뇨, 할머니도 그냥 좀 놀란 것뿐이에요.

아빠 본인 스스로에 대해?

아들　아뇨, 엄마가 할머니한테 우리집에 놀러오라고 했거든요.

아빠　뭐? 만날 우리집을 기웃거리며 기분 나쁘게 굴었던 사람을 집으로 불렀다구?

아들　엄마가 그러는데 할머니도 알고 보면 좋은 분이래요.

아빠　엄마한테 다시는 그러지 말라고 해라! 그런 사람을 초대하다니!

아들　엄만 진작에 그랬어야 했는데 여태까지 잘못했다고 하던걸요! 사실 그건 당연한 거잖아요!

아빠　쿨리케 부인 같은 사람한테는 절대로 당연한 게 아니야. 그런 사람이 네 엄마 초대를 받았으니 놀랄 만도 했겠구나!

아들　엄마도 얼마 전에 굉장히 놀랐는데……

아빠　아무래도 내가 앨리스의 이상한 나라*에라도 떨어진 것 같구나. 세상에 온통 놀란 사람들뿐이니! 이제 그 얘긴 그만하자!

아들　베버 아저씨 부부가 집에 왔다 간 날에요……

아빠　베버 씨 부부가 왔다 간 날이라…… 나도 무슨 얘기인지 알겠구나!

---

* 영국 작가 루이스 캐럴이 쓴 동화 『이상한 나라의 앨리스』를 말한다. 이 동화에서 앨리스라는 소녀는 꿈속에서 토끼굴에 떨어져 이상한 나라를 여행하면서 온갖 신기한 일들을 겪는다.

아들   그분들이 왔을 때 엄마가 음식을 굉장히 많이 준비했잖아
      요. 꽃장식까지 하구요!

아빠   그래, 그랬지. 그날은 모두들 감동했지.

아들   그런데 베버 아저씨 부부가 가고 나서요, 그때 엄만 정말
      놀랐대요, 아빠 때문에……

아빠   나 때문에?

아들   네. 사실 그건 당연한 거였는데……

아빠   왜, 뭔데?

아들   엄마가 그러는데, 아빠가 처음으로 엄마한테 수고했다고
      말했대요!

향기로 돈벌기

아들 아빠, 찰리가 그러는데요, 걔네 누나는 자기 몸에서 딴 냄새가 나는 게 너무 싫다고 했대요!

아빠 나는 책 읽을 때 방해받는 게 싫단다! 그러니까 찰리 누나 냄새 문제는 다음에 얘기하면 안 되겠냐?

아들 찰리 누나 문제가 아닌데요.

아빠 그럼 누구 문젠데?

아들 사람들 모두요. 광고를 보면 머리부터 발끝까지 뿌리고 바르고 기름칠하라고 꼬드기잖아요.

아빠 (말을 가로막으며) 기름칠이라니, 그게 사람한테 쓰는 표현이냐?

아들　크림 같은 걸 바르라고…… 어쨌든 사람들 몸냄새가 사라
　　　지고 있어요.

아빠　그것도 잘못이란 말이냐? 미용 용품만 있으면 누구나……

아들　(끼어들며) 미용 뭐요?

아빠　미-용-용-품! 몸을 청결하게 하려고 쓰는 물건들 말이야.

아들　향수를 뿌린다고 청결해지지는 않아요.

아빠　미용 용품에는 비누랑 치약 같은 것도 포함돼.

아들　세수나 양치질 얘기가 아니에요. 그건 당연한 거잖아요.

아빠　해가 서쪽에서 뜨겠구나. 네가 그런 말을 다 하고. 오늘 아
　　　침에도 네 칫솔이 바싹 말라 있던걸!

아들　아니……

아빠　거짓말 마라, 내가 만져봤으니까!

아들　하지만 전 저녁에 아무것도 안 먹는걸요. 그러니까 아침에
　　　양치질 안 해도 되잖아요!

아빠　그래도 안 돼! 치아에 있는 세균은 주로 밤에 만들어진다
　　　구. 그러니까 아침에 깨끗이 제거해야 해.

아들　아빠가 손으로 내 칫솔을 만져서 세균이 더 우글거릴 거예
　　　요!

아빠　계속할 거냐?! 잔말 말고 아침에도 꼭 양치질해! 알았지?

……어디까지 얘기했더라?

아들   미용 용품요.

아빠   그래. 내가 말하려는 건, 그러니까 미용 용품을 쓰고 안 쓰
고는 그 사람 마음이라는 거야. 자기 몸을 가꾸고 싶은 사
람은 미용 용품을 쓸 거고 그게 귀찮은 사람은 안 쓰겠지.
하지만 어느 날 거리에서 사람들이 고개를 돌려 자기를 쳐
다보게 되면 그땐 그 효과를 확실히 느끼게 될 거다……

아들   (큰 소리로 웃으며) 그것 보세요! 아빠도 똑같잖아요!

아빠   뭐가 말이냐?

아들   아빠도 광고에 말려든 거라구요!

아빠   광고라고?

아들   정말 재밌어요! 아빠도 지금 헤어젤을 안 쓰거나 가그린을
안 뿌리거나 탈취제 같은 걸 쓰지 않으면 주위 사람들이 모
두 아빠만 쳐다볼 거라고 생각하는 거잖아요,

아빠   그만 하지 못 하겠니? 너 혹시 오늘 뭐 잘못 먹었냐?

아들   그뿐인가요? 발냄새 제거제까지도요.

아빠   그래. 거기다 당나귀 우유로 목욕까지 한다, 왜?

아들   우리집에 당나귀 우유로 만든 보디샴푸가 있는 줄은 몰랐
는데요. 다른 것들은 다 안방 욕실 유리장에서 봤는데……

아빠   거긴 또 뭐 하러 열어본 거냐? 네 물건은 하나도 없는데. 앞
으론 자물쇠를 채워놓기라도 해야지, 이거 원!

아들   그 안에 엄마 아빠만 알아야 하는 비밀이라도 있어요?

아빠   비밀이랄 것까진 아니지만, 어쨌든 넌 알 필요도 없고 또
애들에겐 쓸모도 없는 물건들이야! 그리고 네가 또 오늘처
럼 엄마 아빠 물건에 대해 이러쿵저러쿵 간섭할지도 모르
잖니. 그게 다 선진문명이 이룩한 이 위생적인 환경이 얼마
나 다행스러운 건지 몰라서 하는 소리겠지만……

아들   그치만 너무 심하잖아요.

아빠   뭐가 너무 심하다는 거냐?

아들   전 엄마 아빠의 순수한 냄새가 더 좋단 말예요.

아빠   그렇게 말해주니 고맙구나. 하지만 그게 다 지금까지 정성
껏 몸을 가꾸어온 덕분이라구.

아들   아뇨, 그게 아니에요. 난 함께 가족여행 갈 때 맡는 엄마 아
빠 냄새가 제일 좋은걸요. 그때는 두 분 다 미용 용품 같은
건 거의 안 가지고 가잖아요. 다 같이 해변에 누워 있으
면……

아빠   그래, 하지만 매일같이 해변에서 수영을 하거나 일광욕을
할 순 없잖니.

아들 그렇다고 머리끝에서 발끝까지 그렇게 화장품으로 범벅을 할 필요는 없잖아요.

아빠 그건 우리가 알아서 할 테니까 넌 간섭하지 않았음 좋겠구나!

아들 아빠, 뭐 하나 말해도 돼요? 지난번 엄마 생일 이후로요, 엄마한테서 쿨리케 할머니 냄새가 나는 것 같아요!

아빠 너 코감기라도 걸린 거니? 아님 어디가 잘못된 거 아니냐?! 네 엄마를 그…… 그 마귀할멈이랑 비교하다니!

아들 그게 아니라요, 아빠가 엄마 생일에 선물한 향수가 쿨리케 할머니 거랑 같단 말예요.

아빠 그럴 리가 없어, 그 할멈이 그런 최고급 향수를 쓰다니!

아들 최고급이란 게 무슨 뜻인데요?

아빠 그건 아주 특별한…… 음, 흔치 않은, 음 그러니까…… 평범하지 않은, 아무튼 뭐 그런 뜻이야.

아들 말도 안 돼요. 그 향수는 하루에도 몇 번씩 텔레비전 광고에 나오는걸요! 그 향수 쓰는 사람이 아마 수천 명도 넘을걸요, 쿨리케 할머니말고두요!

아빠 그건 네가 잘 몰라서 하는 소리야. 그게 얼마나 비싼 건데.

아들 찰리가 그러는데, 걔네 누나가 사람들이 돈을 엄청나게 쏟

아붓고 있다고 했대요, 두려워서요.

아빠   뭐가 두렵다는 거냐?

아들   몸에서 나쁜 냄새가 날까봐요. 광고가 사람들을 그렇게 만
드는 건지도 모르고 말예요. 향수 회사들은 그렇게 해서 떼
돈을 번대요, 사람들을 불안하게 만들어서요.

아빠   난 조금도 불안하지 않아! 내가 그렇게 하고 싶어서 하는
거라구. 기분도 훨씬 좋아지고!

아들   찰리 누나가 그러는데, 사람들은 다 자기가 원해서 그러는
거라고 생각한대요. 꼬임에 넘어간 것도 모르고 말예요!

아빠   진짜 꼬임에 넘어간 건 바로 너야! 아빠한테는 그렇게 꼬박
꼬박 말대꾸하면서 찰리 누나 말이라면 왜 그렇게 무조건
믿는 거냐?

아들   아침에 욕실에 들어가다가 숨막혀 죽을 뻔했단 말예요! 제
가 기침하는 소리 못 들었어요?

아빠   아니.

아들   숨도 제대로 못 쉬겠더라구요. 아빠가 쓴 솔잎향 향수 냄새
때문에요!

아빠   너무 그러지 마라. 그 냄새 때문에 죽진 않을 테니……

아들   나야 괜찮죠. 그런 건 아예 손도 안 대니까요. 이제부턴 머

리 영양제도 안 쓸 거예요.

아빠	그렇지만 그건 모발을 튼튼하게 해준단다.

아들	내 머리카락은 영양제 같은 거 안 발라도 튼튼해요. 난 인
	공적인 냄새가 싫다구요.

아빠	그럼 아예 마늘을 물고 다니지 그러냐. 오래된 치즈도 좋
	고. 자연적인 냄새가 그렇게 좋으면 말이다!

아들	내가 언제 역겨운 냄새를 풍기고 싶댔어요? 난 그냥 내 고
	유의 냄새를 간직하고 싶은 것뿐이에요.

아빠	그래, 네 맘대로 해라.

아들	그럴 거예요. 게다가 그런 건 몸에 해로우니까요.

아빠	뭐가 해롭단 말이냐? 아빠가 쓰는 애프터셰이브 로션 말이
	냐?

아들	그건 아마 괜찮을 거예요.

아빠	그럼 뭐?

아들	(조심스럽게) 남자용으로도 그런 게 있는지는 모르겠지만
	요…… 여자들이 잘 쓰는 거 있잖아요. 의사 선생님이 찰리
	누나한테 한 번만 더 그런 스프레이를 쓰면 당장 병원에서
	쫓아내겠다고 했대요! 사람들이 병에 걸리려고 기를 쓰는
	것 같다고 하면서요!

아빠   더이상은 너랑 얘기 못 하겠다. 앞으로 누가 무슨 스프레이를 사용하건 절대로 상관하지 말아라, 알겠니?

아들   네, 난 그냥……

아빠   그만 하라니까.

아들   난 그냥 한 가지 알려주려던 것뿐이에요. 모르고 있다가 혹시 나중에 실망할까봐……

아빠   뭔데?

아들   엄마가 별로 안 좋아해요. 엄마가 카린 이모한테 얘기하는 걸 들었는데요, 앞으로 향수 같은 건 안 받고 싶대요.

아빠   잘 알았다, 고맙구나. 아마 내년까지 쓸 수 있을 만큼 많은 모양이로구나.

아들   어쩌면 앞으로는 향수를 아예 안 쓰실지도 몰라요.

아빠   그건 네가 몰라서 하는 소리야.

아들   혹시 아빠가 아직도 엄마 냄새를 기억하는지 궁금해서 그러는 건 아닐까요?

진짜 창피한 일!

아들 아빠, 찰리가 그러는데요, 걔네 아빠가 먼 훗날 사람들이
　　　지금의 우리를 연구할 때 광고는 못 봤으면 좋겠대요!

아빠 그건 또 무슨 뚱딴지같은 소리냐? 대체 먼 훗날 누가, 왜,
　　　우리를 연구한다는 거니?

아들 그냥 어떤 학자가요. 과거에는 어땠는지, 그때 사람들은 어
　　　떻게 살았는지 뭐 그런 거 연구하는 사람들 있잖아요.

아빠 아, 그래…… 그런데?

아들 찰리 아빠는 그런 사람들이 우리를 연구하게 되면, 한 천년
　　　쯤 후에……

아빠 (말을 가로막으며) 찰리 아빠가 이젠 지금 일만으로도 부족

해서 천 년 후에 일어날 일들까지 미리 고민하기로 했다더
냐?

아들　그건 현재하고도 상관 있는 일이에요.

아빠　엄청난 시간 차이는 있어도 말이지! 그래, 찰리 아빠가 천
년 뒤의 세상까지 염려하는 속 깊은 사람이란 걸 내가 또
깜빡했구나.

아들　어쨌든 찰리 아빠는 미래 사람들이 지금의 광고를 발견하
게 되면 우리를 모두 성격 이상자라고 생각하게 될까봐 걱
정된대요. 그건 정말 부끄러운 일이잖아요!

아빠　'광고' 라니, 어떤 광고 말이냐??

아들　매일같이 신문 사이에 끼워져 오는 광고 종이들 있잖아요.
물건 사라고 선전하는 거. 아빠도 그것 때문에 화내신 적
있잖아요!

아빠　그래, 그랬지. 네가 만날 광고만 보고 무턱대고 사달라고
졸라대니까!

아들　딱 한 번뿐이었어요. 이름을 새겨넣을 수 있는 볼펜이 있다
길래요. 학교에서 만날 볼펜이 없어진단 말예요. 게다가 그
볼펜은 별로 비싸지도 않았잖아요.

아빠　그걸 사는 것보단 네 물건을 여기저기 빌려주거나 잃어버

리지 않도록 조심하는 게 더 경제적일 거다.

아들　나도 알아요. 그치만 어쨌든 내가 그 볼펜을 사려고 한 건 제 나쁜 성격 때문은 아니었어요.

아빠　누가 그렇다고 했니?! 그건 그렇고 미래 인간이니, 나쁜 성격이니, 도대체 그게 다 무슨 소리냐?

아들　그러니까 내 말은, 찰리 아빠가 그러는데, 사람들이 필사적이래요.

아빠　필사적이라니, 무슨 일에 말이냐?

아들　나쁜 성격에요.

아빠　누구의 나쁜 성격 말이냐?

아들　물건을 사려는 사람들요.

아빠　무슨 말인지 하나도 모르겠구나.

아들　자세히 설명해줄게요. 그러니까, 광고에 나오는 물건들은 사실 대부분이 반드시 필요한 물건들은 아니잖아요?

아빠　그렇지.

아들　그래서 장사꾼들은 사람들이 그 물건을 꼭 사도록 유도해야 한다는 거예요.

아빠　그건 '소비자의 구매욕을 자극한다' 고 말하는 거야. 지금까지 생각해본 적도 없던 물건을 갑자기 갖고 싶은 욕망이 생기게끔 하는 거지.

아들　어떻게요?

아빠　회사에는 심리학, 그러니까 광고심리학이란 걸 공부한 사람들이 있어. 그 사람들이 하는 일이란 게 사람들이 어떤 광고에 제일 민감한 반응을 보이는가를 연구하는 거란다.

아들　그것 보세요. 바로 그렇게 해서 나온 결과가 나쁜 성격이라는 거예요.

아빠　이젠 너랑 이런 식으로 얘기하는 게 정말 짜증이 나는구나! 넌 찰리 아빠 말이라면 무조건 다 믿는 모양이로구나. 게다가 비논리적이고! 생각 좀 해보렴. 광고가 만약 사람들의 나쁜 성격에만 호소한다면 물건은 아예 팔리지도 않을걸! 설마 찰리 아빠가 우리나라 사람들이 모두 성격이 나쁘다고 주장하는 건 아니겠지? 그렇지?!

아들　그런 얘긴 한 적 없어요. 그치만 광고 전단을 보면 그런 생각이 든다고 했어요. 그러니까 천년 뒤의 사람들이 보면……

아빠　……천년 뒤에 남아 있는 게 설마 광고 전단들밖에 없겠냐, 다른 것들도 많을 테니까 걱정하지 말아라.

아들　그냥 그럴 수도 있겠다고 상상해본 것뿐이에요.

아빠   그런 황당한 것들말고 좀 그럴듯한 일들을 생각해보렴. 제
       발 부탁이니……

아들   그럼 광고 전단에 씌어 있는 말들은 어떡하구요?

아빠   무슨 말?

아들   그 물건을 사면 다른 사람들이 기분 나빠할 거라고 씌어 있
       잖아요.

아빠   난 그런 거 본 적 없는데?

아들   자세히 안 읽어봐서 그래요.

아빠   그럼 난 성격이 좋은가보지, 안 그러냐?

아들   그럴 수도 있구요.

아빠   고맙구나! 그럴 수도 있다니.

아들   아빠, 정말 한 번만 자세히 읽어보세요! 이런 광고도 있어
       요. 화초영양제 선전인데요, 그걸 발코니에 있는 꽃에 조금
       씩 주면 꽃이 보통보다 두 배나 더 커지고, 또 너무너무 예
       뻐지고 오래 간대요!

아빠   (재촉하듯이) 그래서?

아들   그러면 그걸 보는 이웃들이 부러워 죽을 거라는 거예요!

아빠   부러워 죽는다고?

아들   네!

아빠 그게 뭐 어때서? 그건 경쟁심을 불러일으키기 위한 상술일 뿐이야.

아들 왜 경쟁심을 불러일으켜야 하는데요?

아빠 왜긴! 사람들은 늘 어떤 분야에서든 다른 사람들보다 더 뛰어나길 바라는 법이잖니.

아들 발코니에 있는 꽃이 더 크면 그 주인이 더 뛰어난 건가요?

아빠 물론 그 때문에 사람 자체가 나아지는 건 아니겠지만, 어쨌든 정원사로서는 더 뛰어난 것 아니겠니?

아들 약품을 쓴 것뿐인데두요?

아빠 어쨌든 꽃에 그만큼 신경을 쓴 거니까. 다른 사람들보다 많은 시간과 돈을 투자했다는 얘기이기도 하고!

아들 흠, 그럼 손처럼 생긴 재떨이는요? 그건 다른 사람의 손바닥에 담뱃재를 터는 것 같은 기분이 들게 한다는데요?

아빠 내 취향은 아니더구나!

아들 그치만 광고에서는 손님들이 모두 감탄할 거라고 되어 있던데요? 왜 자기들이 먼저 그런 걸 발견하지 못했을까, 속으로 분하게 생각할 거라구요.

아빠 다 터무니없는 소리야. 재떨이를 팔기 위해서 꾸며낸 얘기일 뿐이라구! 아마 그 회사, 몇 년째 창고에 잔뜩 물건을 쌓아둔 채 전전긍긍하고 있을 거야.

아들 순금 수도꼭지도 그 재떨이처럼 창고에 쌓여 있을까요? 안 팔려서 말이에요. 순금 숟가락, 순금 포크 그런 것두요?

아빠 그걸 내가 어떻게 알겠니?

아들 그냥 한번 물어본 거예요. 광고에는 그걸 사면 손님들이 모두 최고의 변소라고……

아빠 화장실!

아들 ……그리고 최고의 식탁이라고 손님들이 모두 부러워할 거라잖아요.

아빠 그래, 맞아! 네 말이 무슨 뜻인지 알겠다. 그러니까 이제 그만 해라. 더 들어볼 것도 없는 것 같구나.

아들 (조금 있다가) 아빠, 향수나 진주목걸이 광고에는 뭐라고 나와 있는 줄 아세요?

아빠 몰라.

아들 그런 걸 사면 적어도 수십 명의 남자들이 바닥에 무릎을 꿇을 거래요. 그리고……

아빠 그렇게 씌어 있을 리가 없어! 찰리 아빠가 과장하는 거야.

아들 그리곤 여자의 '발 앞'에서 슬슬 기게 될 거라고……

아빠 여자의 '발 아래에 엎드리게 된다', 그렇게 씌어 있겠지.

아들 같은 거 아닌가요? 어쨌든 웃기잖아요.

아빠 그건 네 말이 맞는 것 같구나! 남자들이 벌레들처럼 이상한
     냄새나 화려한 색깔 따위에 그렇게 동물적으로 반응한다면
     그건 진짜 비극이지!

아들 (조금 있다가) 아빠, 남자들은 모두 항상 최고가 되고 싶어
     하나요?

아빠 아직도 질문할 게 남았냐?

아들 그냥 하는 얘기가 아니라 광고에 그렇게 씌어 있단 말예요!

아빠 뭐라고 씌어 있는데?

아들 남자들은 유머를 많이 알아야 한다구요. 그러려면 그 책을
     꼭 사야 한대요. 그 책에 있는 유머를 달달 외워뒀다가 파
     티 같은 데서 써먹으면 최고로 인기 있는 남자가 될 거래
     요. 주변에 여자들이 우글우글할 거라고……

아빠 어휴!

아들 ……그리고 다른 남자들은 모두 한쪽 구석에 멍청하게 서
     서……

아빠 ……그래서 배 아파 죽거나, 아니면 순금 수도꼭지나 사볼
     까 하고 생각하겠지! 너 정말 그만 안 할래?

아들 그렇지 않으면 이런 말을 도대체 왜 쓰나구요! 찰리가 그러

는데, 걔네 아빠가 장사꾼들이 이런 말을 쓸 때는 사람들이 그 말에 넘어갈 거라고 생각해서 그렇게 쓰는 거라고 했대요. 그런데 아까부터 창 밖은 왜 자꾸 보는 거예요? 뭐 이상한 거라도 있어요?

아빠 아니, 아무것도 아니다. 너 혹시 저기 저게 무슨 차인 줄 아니? 레만 씨네 집 앞에 서 있는 차 말이다.

아들 네, 마제라티요. 정말 멋있죠?

아빠 차 이름을 묻는 게 아니라 저게 누구의 차냐고! 설마 레만 씨가 차를 새로 산 건 아닐 테고.

아들 다른 사람이 몰고 오는 걸 봤어요. 친척이겠죠, 뭐.

아빠 아 그래, 어쩐지……

아들 뭐가요?

아빠 우체부가 설마 나보다 더 큰 차를 몰고 다닐 리는 없잖니!!

내 말 잘 듣고 있어요?

아들　아빠, 찰리가 그러는데요, 걔네 아빠가 요즘 사람들은 남의 말을 잘 안 듣는다고 그랬대요.

아빠　(건성으로) 뭐라고?

아들　(큰 소리로) 사람들이 다른 사람 말을 잘 안 듣는다구요!

아빠　(여전히 건성으로) 뭐? 사람들이……

아들　……남의 말을 안 듣는다구요!

아빠　그런 문제라면 넌 불평할 이유가 하나도 없을 것 같은데? 그 동안 내가 네 얘기 들어주느라 보낸 시간만 해도 얼만데……

아들　아빠 귀로만 들었잖아요.

아빠   그럼 귀로 듣지, 뭘로 듣니?

아들   그러니까…… 그러니까, 이를테면 속으로 들어야죠.

아빠   그러니까 고막보다 더 깊이 있는 달팽이관으로 말이지? 그
것 참 독특한 이론이구나!

아들   내 말 뜻 알잖아요.

아빠   그래 그래. 네 말은 그러니까, 지구상에 살고 있는 사람들
모두, 그중에서도 특히 네 아빠인 내가, 네가 입만 열어도
숨도 쉬지 않고 네 입술 움직이는 것만 쳐다보고 있어야 한
다는 거 아니냐! 심지어 네가 점심에 뭘 먹었는지 얘기할
때조차도 말이다.

아들   꼭 내 얘기만은 아니에요!

아빠   아니라구? 그럼 내가 네 말을 귀로만 듣는다고 불평한 건
뭐냐? 아빠가 네 얘기를 건성으로 듣는다는 거 아니었냐?
내가 네 말을 귀담아듣지 않았다면 내가 어떻게 그 동안 네
그 엉뚱한 질문들에 대답할 수 있었겠니?

아들   아빠가 내 말을 항상 건성으로 듣는다는 말은 아니었어요.
그치만 가끔……

아빠   가끔, 뭐? 내가 어쨌는데?

아들   아빤 내 말이 끝나기도 전에 벌써 대답을 생각하고 있잖아

요. 그래서 내가 무슨 말을 하려는 건지 제대로 안 듣는 것 같아요.

아빠 안 들어도 뻔하니까 그렇지. 게다가 안됐지만 대부분이 억지잖아. 예를 들어서 숙제를 저녁에 하겠다고 했던 것 말이다.

아들 숙제를 저녁으로 미룰 때는 다 그럴 만한 이유가 있는 거예요! 그런데 아빤 내 애길 들어보려고도 안 하잖아요.

아빠 들으나마나 똑같지, 뭐.

아들 아니에요.

아빠 네가 말하는 그 이유라는 걸 앞으로는 꼭 어디다가 써둬야 겠구나.

아들 그건 뭐 아무래도 좋아요. 그치만 찰리가 그러는데 걔네 아빠가 정치가들도 똑같다고 했대요. 회의를 하면서 다른 사람 말은 하나도 안 듣는대요.

아빠 네 말대로라면 정치가들이 어떻게 서로 대화를 하겠니? 서로 빗나가기만 할 텐데.

아들 그래서 안 맞잖아요! 맞는 적이 없다구요.

아빠 어린애가 정치에 대해서 뭘 안다고 이러쿵저러쿵하는 거냐?

아들   그치만 아빠도 얼마 전에 그랬잖아요, 정치가 두 명이 텔레
비전에 나와서 실업자 문제로 싸웠을 때.

아빠   내가 뭐랬는데?

아들   서로 딴 얘기만 한다구요. 그게 다 서로 상대방 얘기는 안
듣고 자기 주장만 해서 그런 거라구요.

아빠   정치가들에게 중요한 건 시청자들에게 자신의 입장을 분명
히 밝히는 거야!

아들   그래서 다른 사람 말은 무시해도 된다는 거예요?

아빠   그렇다고 상대방의 말을 무시한다는 건 아니야. 그 사람들
은 대개 반대 정당에 있는 정치가의 논지를 이미 훤히 알고
있는 경우가 많지.

아들   사실은 모르면서 안다고 착각하는 건 아니구요? 아빠가 내
맘을 다 안다고 착각하는 것처럼 말예요!

아빠   네 얘기가 아니라고 하지 않았니?

아들   네, 맞아요. 찰리 아빠가 그러는데, 다른 사람이 얘기하는
데 자기 얘기만 하려고 하는 건 남의 말을 귀담아듣는 게
아니래요!

아빠   맙소사! 얘기를 하다보면 들을 때도 있고 말할 때도 있고
그런 거지. 항상 듣기만 한다면 그건 대화가 아니야! 그럴

거면 차라리 녹음테이프를 틀어놓지!

아들 그치만 다른 사람이 얘기하는데 자기 얘기만 하려고 하는 것도 대화는 아니잖아요!

아빠 (소리내서 웃는다) 찰리 아빠가 정치 토론에서 얘기하는 걸 한번 봐야겠구나! 아마 찰리 아빠는 상대방 말에 무조건 반대만 할걸?

아들 그치만 찰리 아빠는 다른 사람이 말할 때 귀기울여 들을 거예요.

아빠 뭐, 좋아! 어차피 증명할 수 있는 일도 아니니까.

아들 어쨌든 상대방 말을 제대로 듣지 않는다면 얘기할 필요도 없는 거라구요. 아무 소득이 없을 테니까.

아빠 어떤 방식으로든 결론이 날 테니 걱정 말아라! 어차피 그런 대화보다는 행동이 중요한 거니까.

아들 무슨 행동요?

아빠 결정 말이다. 결국은 정치가들이 어떤 결정을 해야 할 거 아니냐?

아들 흠, 그치만 상대방이 하는 말을 하나도 안 듣고 결정을 내리면, 양쪽의 결정이 다르게 되잖아요.

아빠 그런 걸 소위 '힘겨루기'라고 하지.

아들   게임 같은 건가요?

아빠   아니. 이 사람이 이길 때도 있고 또 저 사람이 이길 때도 있
고……

아들   그럼 결정을 이랬다 저랬다 한단 말예요?

아빠   아니, 그건 아니고 거기에도 일정한 규칙이 있지.

아들   남의 말을 듣지도 않고 그 규칙을 어떻게 알아요?

아빠   내 말 잘 들어봐라! 어떤 사람의 말이 합리적이기만 하다
면, 그 사람이 정치가이든 일반인이든 듣는 사람도 경청을
하지. 하지만 터무니없는 소리만 한다면 그런 소린 귀담아
들을 필요가 없지 않겠니?

아들   제대로 듣지도 않고서 그게 터무니없는 소린지 아닌지 어
떻게 알아요?

아빠   그전에 했던 말이 있을 게 아니냐! 그런 걸 기대치라고 하
는 거야!

아들   흠, 그러니까 그 기대치 때문에 아빠 쿨리케 할머니 얘길
건성으로 듣는 거군요?

아빠   뭐 말하자면 그렇지.

아들   근데 만약 할머니가 현명한 얘길 한다면요?

아빠   그럴 리가 없어. 아빠 말을 믿으렴……

아들 우리집에 있던 키 작은 나무가 할머니 말씀대로 죽었잖아요.

아빠 어떤 나무 말이냐?

아들 지난번 여행 갔다가 사온 나무 말예요.

아빠 아하! 그 나무는 우리나라 기후에 잘 안 맞아서 그런 거야. 원래 햇빛이 많은 곳에서 자라는 나무거든.

아들 아니에요. 햇빛을 너무 많이 받아서 죽은 거래요.

아빠 누가 그러든?

아들 쿨리케 할머니가요.

아빠 난 그런 말 못 들었는데.

아들 담장 너머로 그랬잖아요, 그늘로 좀 옮겨놓으라고. 그리고 물도 좀 적게 주고요. 그런데 아빤 여름 내내 그 나무를 햇빛 아래 세워놓고 물도 매일 줬잖아요!

아빠 쿨리케 부인 말이 맞는지 어떤지 알게 뭐냐? 또 그 나무가 처음부터 별로 안 건강했을 수도 있고.

아들 쿨리케 할머니 말씀이 맞을걸요. 할머니 집에도 똑같은 나무가 있으니까요. 할머니는 그 나무를 그늘진 곳에 놔두었는데 요즘 꽃이 얼마나 예쁘게 폈는지 몰라요!

아빠 좋아! 내가 쿨리케 부인 말을 귀기울여 듣지 않았다고 인정

하마. 내 실수였어. 하지만 어쩔 수 없지 뭐, 나무는 이미
죽어버렸으니…… 그렇다고 세상이 무너지기야 하겠냐!

아들 그런 것 때문에 세상이 무너지는 건 아닐 거예요. 아빠나
쿨리케 할머니 때문은 아닐 거라구요.

아빠 이제 다 끝난 거냐?

아들 그치만 정치가들도 아빠처럼 그러면 어쩌죠?

제일 중요한 것

아들 아빠, 찰리가 그러는데요, 걔네 누나가 자식들을 따로 교육
시킬 필요도 없을 거라고 했대요. 만약 부모님들이……

아빠 (말을 가로막으며) 만약 부모들이 아이를 낳자마자 고아원
에 갖다 버린다면 말이지. 맞는 말이야!

아들 아이, 아빠! 끝까지 좀 들어보세요. 정말 생각해볼 만한 이
야기라구요!

아빠 누가 생각해볼 만한 이야기라는 거냐? 들으나마나 교육이
뭔지도 모르는 제 또래 애들 얘기겠지, 안 그러니?

아들 왜 애들이 교육에 대해서 아무것도 모른다고 생각해요? 교
육을 받는 건 애들인데요.

아빠　그러게 말이다. 교육을 대체 어떻게 받는 건지!

아들　그건 맞는 말인 것 같아요, 정말 어떻게 받는지…… 대부분의 부모님들이 진짜 중요한 건 항상 잊어버리잖아요!

아빠　그 말도 맞아! 대부분의 부모들이 가장 중요한 걸 잊고 살지. 적절한 때 애들의 볼기짝을 두들겨 패주는 거 말이다.

아들　아빠도 슈뢰더 할아버지처럼 말하네요!

아빠　그게 누군데?

아들　우리 학교 수위 할아버진데요, 조금만 잘못을 해도 애들 뺨을 때렸거든요. 그래서 학부모회에서 잘라버렸어요!

아빠　잘린 게 아니라 조금 일찍 퇴임한 것뿐이야. 위도 안 좋은데다가 애들한테 너무 시달려서……

아들　그랬죠, 아빠가 학부모 회의에서……

아빠　됐다, 나도 내가 뭐라고 했는지는 기억하고 있어. 그건 그렇고, 찰리 누나가 뭐 새로운 걸 깨달았다고 하지 않았니?

아들　맞아요. 아빠, 아빤 애들을 바르게 키우기 위해서 꼭 가르쳐야 할 게 뭐라고 생각하세요?

아빠　우선은 글을 가르쳐야겠지.

아들　아니, 공부말구요. 봉사 정신이나 친절함 뭐 그런 거 중에서 말예요.

아빠　　그런 것도 물론 배워야지.

아들　　어쨌든요, 아빠 그런 것들 중에서 뭐가 제일 중요하다고 생
　　　　각해요?

아빠　　흠…… 네가 어떤 사람이 되면 좋을까…… 능력 있고, 성
　　　　실하고, 그리고 가능하다면 정리 정돈도 좀 잘했으면 좋겠
　　　　구나. 그리고 또…… 아까 너도 말했지만 다른 사람들도
　　　　잘 도와주고, 그리고 특히 예의 바른 사람이면 좋겠다. 그
　　　　래서 손해보는 일은 없을 테니까.

아들　　그럴 줄 알았어요.

아빠　　뭐가 그럴 줄 알았다는 거냐?

아들　　아빠가 그렇게 애기할 줄 알았다구요.

아빠　　그럼 네가 게으르고 칠칠치도 못한데다가 이기적이고 또
　　　　그 뭐냐, 멍청하고 잘난 척이나 했으면 좋겠다고 말해야 하
　　　　는 거냐?!

아들　　그게 아니라, 찰리가 그러는데, 걔네 누나가 정직함이나 부
　　　　지런함 같은 건 별로 안 중요하다고 했다는 거예요. 그런
　　　　건 꼭 필요한 건 아니라구요.

아빠　　그거 정말 놀라운 생각이구나! 그럼 그 진보적인 호기심 천
　　　　국 박사님은 애들 교육에서 제일 중요한 게 뭐라든? 자기는

말만 번지르르하게 하면서 남들 뼈빠지게 일해 번 돈으로 놀고먹는 거냐?

아들　찰리 누나는 그냥 아이들한테 딱 한 가지만 제대로 가르치면 된다고 한 것뿐이에요! 그것만 할 줄 알면 다른 건 다 저절로 따라오게 돼 있대요!

아빠　빙빙 돌리지 말고 빨리 말해봐, 그게 뭔지.

아들　한번 맞혀보세요.

아빠　싫어.

아들　그럼 할 수 없죠. 아이들한테 꼭 가르쳐야 하는 게 뭐냐면요, 그건 바로 상상력이에요.

아빠　상상력이라구? 상상력을 길러서 매일 사고나 치고 이런저런 핑계나 만들어 공부하지 않도록 말이냐? 맙소사!!

아들　아빠가 그렇게 생각하는 것도 다 상상력이 부족한 탓이라구요!

아빠　내 상상력은 지금으로도 충분해! 그런 교육의 결과가 어떨지 충분히 상상하고도 남으니까!

아들　하지만 아빠의 상상은 틀렸어요. 올바른 상상력을 가진 애는, 그러니까, 할아버지 할머니가 소음을 아주 싫어한다는 것도 상상으로 다 알 수 있어요. 그래서 부모님이 뭐라고 하지 않아도 스스로 조용히 하게 되죠.

아빠 이론이야 그럴듯하지!

아들 정말이라니까요! 그리고 상상력이 풍부한 애들은 말더듬이나 사팔뜨기 같은 사람들을 괴롭히지도 않아요. 그 사람들이 얼마나 불편할지도 다 상상할 수 있으니까요.

아빠 그러니? 그럼 앞으로는 베버 부인이 남편 휠체어를 밀고 가는 걸 보면 네가 도와주겠구나. 왜, 네 상상력은 아직 거기까진 아니냐?

아들 (작은 소리로) 모, 모든 일을 다 상상해보는 게 그렇게 쉬운 일은 아니라서……

아빠 그럼 지금부터라도 연습해보렴. 머지않아 네 부모나 선생님이 얼마나 힘든지도 알게 될 테니.

아들 부모님이나 선생님은 아이들한테 끊임없이 어른들의 생각과 바람들을 강요하기만 해요. 상상력이 조금만 있어도 하루 종일 힘들게 일해야 하는 사람들이나 다 쓰러져가는 집에서 사는 사람들, 돈 때문에 고민하는 사람들의 심정을 헤아릴 수 있을 텐데……

아빠 그래서 어떻다는 거냐? 설사 그 사람들의 심정을 헤아릴 수 있다 해도 그게 무슨 소용이냐? 딱히 사람들을 도와줄 수도 없는데.

아들 당연히 상상으로만 끝낼 게 아니라 그 사람들을 어떻게 도울 수 있을지 더 생각해봐야죠! 상상력을 발휘해서요!

아빠 찰리 누나의 그 아주 특별한 상상력을 배우고 나면 끊임없이 다른 사람들 일에 신경 쓰느라 아주 바빠지겠구나!

아들 상상력은 자기 자신을 위해서도 필요한 거예요!

아빠 물론 그렇겠지. 어떻게 하면 부모님을 꾀어서 아무짝에도 쓸모 없는 물건들을 사달라고 할까 궁리할 때 말이지.

아들 아빠, 안됐지만 아빠의 상상력은 정말 형편없어요!

아빠 뭐야? 너 그게 무슨 버르장머리냐!

아들 사실이잖아요. 아빤 무슨 일이든 나쁘게만 생각하잖아요!

아빠 너도 아빠 나이만큼 한번 살아봐라. 그럼 이 아빨 이해하게 될 테니.

아들 그러면서 나한테는 왜 항상 뭐 좋은 생각 없냐고 해요?

아빠 내가 언제?

아들 내가 좀 심심해하거나 하면 아빤 만날 그러잖아요. "얌전히 앉아서 그림이나 그리고 놀아라!"

아빠 아빠의 제안이야말로 찰리 누나가 원하는 거 아니냐? 상상력의 훈련 말이다.

아들   하지만 아빠 내가 귀찮아서 그러는 거잖아요. 날 떼어놓으
       려구요. 나도 다 안다구요.

아빠   그럼 넌 내가 어떻게 했으면 좋겠니? 너한테 그림이라도 그
       려주랴?

아들   그것도 좋은 생각이네요. 아빠가 먼저 그림을 그리면 내가
       이어서 그리는 거예요. 그리고 서로 그림을 비교하는 거예
       요.

아빠   그런 건 네 친구들하고나 해!

아들   아빠하고 하는 게 더 재밌을 것 같은데…… 아니면 재미있
       는 이야기를 해주는 건 어떨까요, 그리고 그 이야기가 어떻
       게 끝날지 나한테 물어보는 거예요!

아빠   어떤 이야기 말이냐?

아들   아무거나요. 인생에 관련된 거요. 누가 어떤 상황에서 어떻
       게 행동해야 할지를 몰라서 고민한다든가, 뭐 그런 거요.

아빠   넌 아직 인생에 대해 골머리를 썩으며 고민할 필요가 없다
       는 걸 다행으로 생각해야 돼. 머지않아 너도 그렇게 고민해
       야 할 날이 올 테니까!

아들   그럼 더 좋겠어요. 사실 그때를 대비해서 조금 연습해뒀거
       든요!

아빠	그건 별로 쓸모도 없을 거다. 현실은 생각과는 정말 천지차이니까.

아들	그럼 상상력이 훨씬 더 많아야겠네요! 찰리가 그러는데, 걔네 누나가 어른들은 이제 아이들에게 뭔가 좋은 아이디어가 떠오르기를 바라는 수밖에 없다고 했대요. 어른들이 우리에게 남겨준 이 엉망진창인 세상을 다시 구하기 위해서는요!!

아빠	그애가 뭐라고 했다고?? 엉망진창인 세상?? 벌써 수십 번도 더 얘기했지만, 너희들은 너무나 편한 세상에서 호강하면서 살고 있는 거야! 너희들이 누리고 있는 이 모든 것들의 가치를 제대로 알기나 하는 거냐?

아들	그럼요, 아주 잘 알죠! 그치만 아빠, 그거 아세요? 우린 차라리 산업 쓰레기들이 하나도 없는 세상에서 살았으면 좋겠다구요.

아빠	(비꼬는 투로) 그러니까, 카세트도 없고 시디 플레이어도 없고 난방도 안 되고 온수도 안 나오는 그런 곳에서 살고 싶단 말이지? 너희들이 정말 그런 곳에서 살 수 있을까? 상상이 안 되는걸?

아들	그건 말이죠, 할아버지 할머니도 아빠한테 그걸 안 가르쳤기 때문이에요……

아빠 뭐 말이냐?

아들 상상력이요!

전성기

아들   아빠! 찰리가 그러는데요, 걔네 아빠가요, 나이 든 사람을 인정하지 않는 사회는 잘못된 사회라고 했대요!

아빠   그건 또 무슨 말이냐? 대체 누가 나이 먹는 걸 금지한다는 거냐?

아들   사회가요.

아빠   (빈정거리듯이) 아, 사회! 요즘에는 사회 책임이 아닌 게 없구나. 요즘처럼 안심하고 늙을 수 있는 때도 없는데 말야. 지금까지 이렇게 확실하게 연금이 지불된 적은 한 번도 없었다구!

아들   돈 얘기가 아니에요.

아빠 그거 참 이상한 일이구나. 그 사람, 다른 때는 항상 돈 얘기
만 하더니.

아들 찰리가 그러는데, 걔네 아빠가 사람은 나이를 먹을수록 쓸
모가 없어진다고 그랬대요, 우리나라에서는요.

아빠 (괜히 으쓱거리며) 흠, 찰리 아빠가 심각한 개인적 위기감
에 빠진 것 같구나. 갑자기 왜 자신이 쓸모 없다고 생각하
는 거지? 찰리 아빠가 몇 살인지 혹시 아니?

아들 아빠랑 같아요.

아빠 정말이냐? 나보다 훨씬 늙어 보이던데……

아들 맞아요, 얼마 전에 찰리랑 비교해봤거든요. 찰리 엄마는 엄
마보다 나이가 조금 더 많아요. 그치만 아빠랑 찰리 아빠는
같던걸요.

아빠 그래? 그렇다면 아직 늙었다고 한탄하기엔 좀 이른 거 아니
니? 사실 인생에서 지금이 제일 좋은 때인걸.

아들 네에…… 그치만 찰리 아빠는 그리 먼 일은 아니라고 그러
던걸요, 늙는 거 말예요.

아빠 그 사람은 그런지 모르겠다만 난 아직 아니야. 그래서 말이
다만 나랑은 상관없는 일 같으니 오늘은 여기서 그만 하는
게 어떻겠니?

아들　그치만 아빠한테 물어볼 게 있어요.

아빠　내가 정말로 늙어버리기 전에 끝났으면 좋겠구나…… 그래, 뭐냐?

아들　음, 그러니까…… 아빠도 어떤 일을 하기 전에 망설일 때가 있는지 궁금해요, 나이 때문에 말이에요.

아빠　어떤 일 말이니?

아들　음…… 진짜 한번 즐겨보고 싶다든지 뭐 그럴 때요.

아빠　뭐라구?

아들　밤새도록 춤을 춘다든가, 뭐 그런 거 있잖아요.

아빠　춤추는 데 꼭 밤까지 새워야 하는 거냐? 하지만 어쨌든 난 춤추는 걸 반대하지는 않아. 분위기만 괜찮다면 마다할 이유가 없지.

아들　분위기요?

아빠　같이 간 사람들 말이다. 마음이 잘 통하는 친구들이 있다든가 뭐 그런……

아들　에이, 그건 즐기는 게 아니잖아요. 그건 그냥 지루한 모임일 뿐이라구요!

아빠　그게 재미있는지 없는지 네가 어떻게 알아?

아들　찰리가 그러는데요, 걔네 아빠는 한밤중에 나가서 새벽까지 제대로 한번 즐기고 싶다고 그랬대요, 옛날처럼요. 음악이 있는 곳에 가서 미친 듯이 뛰고 구르고 싶다구요. 그런데 실제로는 그렇게 못 하겠다고 했대요.

아빠 그거야 당연하지! 디스코텍에서 새파란 애들 사이에서 그 시끄러운 테크노 음악에 맞춰 춤을 추겠다고? 애들한테 웃음거리나 안 되면 다행이겠다!

아들 바로 그거예요. 찰리 아빠는 조금이라도 튀는 행동은 모두 젊은 사람들 차지라는 게 못마땅하다는 거예요. 거기에 나이 든 어른이 끼면 모두들 이상하게 본다 이거죠.

아빠 뭐든 나이에 안 맞는 짓을 하면 이상하게 보이는 법이야.

아들 그래도 정말 하고 싶으면요?

아빠 (포기한 듯) 도대체 뭐가 그렇게 하고 싶다는 건지, 원……

아들 찰리가 그러는데, 걔네 아빠가 우리나라만큼 이렇게 차별이 심한 나라는 없다고 그랬대요. 찰리네 식구들이 여행을 갔었는데, 불가리아라고 했던 것 같아요, 아마. 어쨌든 거기선 할아버지 할머니들도 길거리에서 춤을 춘대요. 사람들 눈치 하나도 안 보고 말이에요.

아빠 여기라고 못 할 것 있냐? 우리나라에도 노인들을 위한 댄스 교실 같은 거 많아.

아들 그치만 그런 건 노인들만을 위한 거잖아요. 찰리 아빠는 바로 그런 점이 불만이라는 거예요! 찰리 아빠 말이, 우리나라는 할아버지 할머니를 별종처럼 생각한대요.

아빠 (한숨을 내쉬며) 내 장담하마. 찰리 아빠를 중국 사람으로 대하는 사람은 아마 없을 거다.

아들 농담할 일이 아니라구요. 찰리 아빠 말로는요, 젊은 사람들은 할머니 할아버지들은 자기들하고 감정이 다르다고 생각한대요. 사실은 전혀 안 그런데……

아빠 물론 사람들은 나이가 많거나 적거나 비슷한 감정을 갖고 있지. 하지만 그것보다 더 중요한 건 그런 감정을 다루는 방법이란다.

아들 그건 무슨 뜻이에요?

아빠 흠…… 어떻게 설명해야 네가 더 잘 이해할 수 있을지 모르겠구나. 그러니까 나이가 들면 말이다, 자신의 감정을 다스릴 줄 알게 된단다. 어떤 일을 포기하는 것도 더 쉬워지지. 다시 말하면, 마음 가는 대로 했다간 곤란한 일이 생길 거라고 판단되면 곧바로 포기하는 거지.

아들 그럼 할아버지 할머니들은 자신의 감정을 따르면 항상 곤란한 일이 생기나요?

아빠 젊은 사람들도 자기 감정에만 빠져서 이성을 소홀히 하면 똑같이 곤란한 일을 겪게 돼.

아들 그치만 젊은 사람들은 더 많은 걸 할 수 있잖아요?

아빠 '더 많은 걸 할 수 있다' 니, 그게 무슨 뜻이냐? 젊은 사람들이야 이런저런 경험들을 쌓아야 하니까 그런 거지.

아들 그럼 한번 경험하고 나면 더이상은 필요가 없는 건가요?

아빠 한번 겪은 일을 또다시 반복할 필요는 없겠지.

아들 그럼 새로운 경험은요? 그러니까, 항상 새로운 경험을 할 수 있는 거냐구요.

아빠 사실 대부분의 경험들은 별로 새로울 게 없어.

아들 아빠!

아빠 왜?

아들 아빠는 다시 미치도록 사랑에 빠져보고 싶지 않아요?

아빠 정말 못 하는 소리가 없구나. 그만 하자. 찰리 아빠는 그러고 싶다고 하던?

아들 그건 모르겠어요. 찰리가 보기엔 그런 것 같다고 했지만……

아빠 너희 둘, 정말 못 하는 소리가 없구나! 너 혹시 찰리에게 이 아빠도 그런 것 같다고 했냐?

아들   아뇨, 그래서 지금 물어보잖아요.

아빠   그런 질문엔 대답 안 한다.

아들   정 싫으면 뭐 할 수 없죠.

아빠   아들아, 아빠 생각엔 그런 일은 애들이 상관할 일은 아닌
       것 같구나.

아들   알았어요. 그럼 다른 걸 물어볼게요. 아빠는 우리나라에서
       할아버지 할머니들만이 가진 장점이 뭐라고 생각해요? 찰
       리 아빠는 나이가 들면 안 좋은 점밖에 없다고 했대요. 우
       리나라에서는요.

아빠   장점? 있고말고. 자기 자신에 대한 확신도 생기고, 아는 것
       도 더 많아지고, 자기 직업에 대한 지식도 더 풍부해질 테
       고, 또……

아들   찰리 아빠는 나이를 먹으면 직장에서 더 힘들어진다고 하
       던걸요. 쉰 살이 넘으면 새 일자리도 못 얻는대요. 모두들
       젊고…… 뭐라고 하더라? 있잖아요, 체조 선수들한테 잘
       쓰는……

아빠   다이내믹한 거?

아들   맞아요, 그거. 젊고 다이내믹한 사람들만 원한대요. 어디나
       다 마찬가지래요.

아빠 아니, 어떤 직업이냐에 따라 다르지. 무조건 다이내믹한 사
람들만 필요한 건 아니라구. 그건 정말 말도 안 되는 소리
야!

아들 그러니까 아빠 나이 먹는 게 별로 신경 쓰이지 않는 거예
요?

아빠 그래, 난 신경 안 써.

아들 흠…… 그럼 그건 왜 그랬어요? 얼마 전에 헤르베르트 삼
촌한테 그랬잖아요. 진작부터 턱수염을 기를걸 그랬다고.

아빠 너 또 아빠 얘길 엿들은 게로구나?! 들으려면 좀 제대로 듣
든가. 늘 앞뒤 문맥도 모르면서 엉뚱한 상상이나 하고.

아들 전 문맥도 다 알아요.

아빠 그래? 넌 항상 아빠가 한 말을 이 아빠보다도 더 잘 아는 것
같더구나.

아들 그럼요. 아빠가 그랬잖아요. 오랫동안 턱수염을 기르다가
어느 날 싹둑 밀어버리면 십 년은 더 젊어 보일 거라구요.

올바른 정신의 의무

아들   아빠, 찰리가 그러는데요, 걔네 누나가 잘못은 항상 다른 사람들에게 있다고 했대요!

아빠   잘못은 항상 다른 사람들에게 있다고? 요즘 젊은 애들 생각을 그것보다 더 적절하게 표현할 순 없을 것 같구나. 역시 대단해!

아들   요즘 애들 태도가 어때서요?

아빠   한마디로 놀라움 그 자체라 할 수 있지! 비판적인 교육을 받은 우리 아이들이 열중하는 일이란 게 고작 다른 사람 결점이나 들춰내는 거라니!

아들   아빠, 이번에도 아빠 생각이 빗나간 것 같아요.

아빠 그래? 좋아. 그럼 어디 인내심을 갖고 냉정하게 한번 물어
보자꾸나. 그 다른 사람들이란 게 대체 누구냐?

아들 자기와는 아무 상관도 없는 척하는 사람들요.

아빠 아니 아니, 다시 물어보마. 그래, 도대체 왜 항상 다른 사람
들 잘못이라는 거냐?

아들 왜냐하면 자기와는 아무 상관도 없는 것처럼 행동하기 때
문이죠.

아빠 너 끝까지 그 말만 되풀이할 생각은 아니겠지?

아들 아빠가 계속 같은 질문만 하니까, 나도……

아빠 (말을 가로막으며) 그건 똑같은 질문이 아니야. 자, 잘 들어
봐, 이번이 마지막이니까. 왜 항상 다른 사람들이, 그 다른
사람이란 게 누구든 간에, 그 사람들이 잘못했다는 거냐?

아들 그 사람들은 어려움에 빠지지 않았으니까요. 그러니까 냉
정하게 생각할 수 있다고 찰리 누나가 그랬어요.

아빠 그럼 정작 자신은 어려운 상황도 아닌데 돌봐줘야 하는 그
어려움이란 건 도대체 뭐냐?

아들 그때그때 생기는 어려움이요.

아빠 차라리 너랑 얘기하는 걸 포기해야겠다.

아들 그럼 예를 하나 들어볼게요.

아빠 그래, 해봐.

아들 음, 그러니까, 음주 운전을 하는 사람들 말이에요. 그 사람들은 끔찍한 사고를 낼 가능성이 크잖아요.

아빠 그런데?

아들 그 사람들은 분명 그전에 다른 어딘가에 있었을 거예요.

아빠 셜록 홈즈처럼 그렇게 돌려서 말하지 마라!

아들 그러니까 내 말은, 그 사람들이 차 안에서 혼자 술을 마시진 않았을 거라는 뜻이에요. 아마 어디서 다른 사람들이랑 같이 술을 마셨겠죠.

아빠 술집에서 혼자 떡이 되도록…… 아니 만취하도록 마셨을 수도 있지.

아들 그래도 완전히 혼자였다고는 할 수 없죠. 비틀거리면서 나가는 걸 누군가는 보고 있었을 테니까요.

아빠 그래, 그러면 그냥 집이 근처인가보다 생각하겠지. 집까지 걸어서 가려나보다 하고!

아들 그 사람이 정말로 걸어서 집에 가는지 따라가볼 수도 있잖아요.

아빠 아빠 말 좀 들어봐라. 조용히 저녁이나 좀 먹으려고 들어간 카페에서 주정뱅이 하나 때문에 밥도 제대로 못 먹고 들락

날락해야 한다는 게 말이 된다고 생각하니? 그리고, 어른이
라면 누구든지 제 몸 하나는 알아서 책임질 수 있어야 해!

아들   그랬다가 나중에 지나가는 사람을 치어서 죽이기라도 하면
요?

아빠   그럼 대가를 치러야지.

아들   그치만 죽은 사람은 아무 잘못도 없잖아요.

아빠   그래서 어쩌라는 거냐? 찰리 누나는, 사람들 모두가 교통순
경이라도 되어야 한다고 하던?

아들   아빠 늘, 경찰은 우리들의 친구라고 했잖아요. 필요할 땐
언제든지 우리를 도와준다구요.

아빠   그래, 맞아. 네 말대로 '경찰' 이 그렇다는 거야! 그냥 아무
나가 아니라!

아들   친구가 되어주거나 다른 사람을 도와주는 건 누구나 할 수
있는 일이에요.

아빠   그것도 합법적인 자격이 있어야 하는 거야.

아들   다른 사람을 도와주는 데 자격이 필요하단 말예요?

아빠   아니, 하지만 다른 사람의 일에 관여하려면 자격이 있어야
해.

아들   그게 그거 아니예요?

아빠 아니, 같지 않아. 도와준다는 건 그렇게 해달라는 부탁을 받았다는 뜻이지. 하지만 어떤 일에 관여하는 건 아무도 부탁하지 않았는데도 다른 사람 일에 끼어드는 거야. 무슨 말인지 알겠니?

아들 아뇨. 그러니까 도와주려면 관여하는 수밖에 없겠네요.

아빠 간섭하는 건 안 된다니까! 다른 사람 일에 끼어들면 안 돼! 도와주는 건 몰라도. 물론 도와달라는 부탁을 받았다면 말야.

아들 그럼 말을 못 하는 사람은 어떻게 도움을 청하죠?

아빠 언어장애자 말이냐?

아들 아뇨, 아기들요. 학대받는 아기들.

아빠 비약이 좀 심한 거 아니니? 아이들을 학대하는 부모는 범죄자나 다름없어! 그런데 사람들이 그런 범죄자와 직접 맞붙어 싸워야 한단 말이냐?

아들 찰리가 그러는데, 걔네 누나가 자기 아이를 학대하는 사람은 자기가 무슨 짓을 하는지도 모르고 그러는 경우가 많다고 했대요. 어쩌면 그런 사람들은 어렸을 때 우리가 상상할 수도 없는 끔찍한 일들을 많이 겪었는지도 몰라요.

아빠 그럴 수도 있겠지.

아들 그렇다면 제정신이 아닌 것도 당연해요!

아빠 그래, 그건 그렇지.

아들 그치만 다른 사람들은 모두 멀쩡하잖아요. 그러니까 뭐라
도 해야 하는 거 아니에요?

아빠 하지만 어디서 무슨 끔찍한 일이 일어나고 있는지 어떻게
알겠니.

아들 찰리 누나가 그러는데, 사람들은 사건이 터지고 나서야 그
전부터 낌새가 이상했다고 생각하게 된대요.

아빠 뭐라고?

아들 진짜예요! 다 지나고 나서야 어쩐지 이상한 것 같았다고 말
한다는 거예요. 이상하게 생각하면서도 별로 신경 쓰지 않
았던 거죠.

아빠 다른 사람 일에 지나치게 관심이 많은 건 옳지 못한 행동이
야.

아들 아빠 항상 그러시잖아요.

아빠 내가 어떻다고?

아들 다른 사람들 얘기를 엿듣거나 엿보잖아요. 별로 중요하지
않은 일들이긴 하지만요.

아빠 괜히 엉뚱한 누명 씌우지 마.

아들　빌란트 아줌마네 집에 손님이 올 때마다 누군가 하고 엿보시잖아요.

아빠　그건 일부러 그러는 게 아냐. 그런 일엔 눈곱만큼도 관심 없다구! 창 밖만 내다보면 그냥 눈에 들어오는 걸 나더러 어쩌란 말이냐!

아들　차 소리가 날 때마다 내다보시는 건요? 아줌마 남자친구가 언제 돌아가는지 궁금해서 그런 거잖아요.

아빠　내가? 기가 막혀서 웃음도 안 나오는구나! 그건 그 망할 놈의 오토바이 소리 때문에 잠이 깨서 그런 거야!

아들　뭐, 어찌 됐건요. 근데 아빠, 프리데만 아저씨 안색이 아주 나쁘던데, 아셨어요?

아빠　그게 누구냐?

아들　우리집 맞은편 지하에 사는 아저씨요.

아빠　아아, 그 사람! 항상 동네를 어슬렁거리면서 돌아다니는…… 보아하니 하는 일이 없는 사람 같더구나.

아들　실업자인가보죠! 어쨌든 그 아저씨가 갑자기 너무 핼쑥해진 것 같다고 엄마가 그러던걸요. 어떤 때는 하루 종일 우는 것 같기도 하대요.

아빠　무슨 걱정거리가 있나보지. 빨리 해결되기를 바라야겠구나.

아들   엄마가 말을 한번 걸어봐야겠대요.

아빠   그러지 않는 게 좋을걸.

아들   엄마는 로만 아줌마라던가, 아무튼 그때와 같은 일이 또 생
        길까봐 걱정이래요.

아빠   그게 무슨 말이냐? 그 여자는 우리와 가까운 사이도 아니었
        는걸. 우리말고도 동네에서 특별히 가깝게 지내던 사람이
        아무도 없었다더구나. 신문에서 읽었다.

아들   하지만 엄마는 슈퍼마켓에서 그 아줌마를 자주 봤대요. 한
        번은 계산대에서 바로 옆에 서 있었던 적도 있구요.

아빠   맙소사, 계산대에서 옆에 서 있던 사람이 그 여자 하나뿐이
        라던?

아들   그치만 아줌마가 엄마한테 장바구닐 같이 들어주겠다고까
        지 했다는걸요. 엄만 마침 차를 가지고 갔었지만요.

아빠   그게 뭐가 어쨌다는 거냐?

아들   그리고 이틀 뒤에 그 일이 일어난 거예요. 아줌마가 창문에
        서 뛰어내린 거 말예요.

아빠   그래, 그건 나도 알아. 정말 비극적인 일이었지. 다른 방법
        이 없었던 것 같구나.

아들 그치만 누군가 방법을 생각해낼 수 있었을지도 모르잖아
      요. 좀더 냉정하게 생각할 수 있는 사람 말예요.

아빠 그게 그렇게 말처럼 쉬운 게 아니야.

      (잠시 침묵)

아들 그렇긴 한 것 같아요.

아빠 그렇지?

아들 그치만 엄마는 냉정하게 생각할 수 있을 거예요.

아빠 그건 나도 알아. 그런 의미에서 이제 엄마한테 오늘 숙제나
      보여드려라. 난 다른 할 일이 있으니!

아들 엄마 지금 집에 없어요.

아빠 없어? 그럼 어디 있는데?

아들 밖에요.

아빠 집 안에 없으니 밖에 있겠지. 그런데 밖엔 왜 나간 거니?

아들 엄마의 냉철한 머리를 이용하시려구요.

아빠 스무고개는 그만하고, 빨리 말 못 하겠니?

아들 뭐 특별한 건 아니구요…… 혹시 우연히 프리데만 아저씨
      를 만날 수 있지 않을까 해서……

'국가'라는 기업

아들 아빠, 찰리가 그러는데요, 걔네 아빠가요, 국가는 끊임없이 새로운 실업자 정책을 만들어내고 있다고 했대요!

아빠 그야 당연하지. 많은 사람들이 오랫동안 일을 못 하고 있으니……

아들 그게 아니라요, 실업자를 만들기 위해서라는 거예요. 실업자를 줄이기 위해서가 아니라!

아빠 뭐? 그러니까 국가가 일부러 실업자를 늘리고 있다는 거냐? 너 또 무슨 궤변을 늘어놓으려고 그러니. 아님 혹시 찰리 아빠가 실직하셨니? 그렇다면 또 이해가 좀 된다만……

아들 아뇨, 그건 아니에요. 기차역 말예요, 앞으로는 기차역에 아빠 사람들이 없어진대요!

아빠 사람이 없어진다니, 그게 무슨 말이냐?

아들 일하는 사람이 없어진다구요!

아빠 그 무슨 말도 안 되는 소리냐! 최소한 역무원 하나 정도는 있게 마련이야.

아들 그치만 역무원한테는 길을 잘 모르는 할머니들이 기차를 어디서 갈아타야 하는지 물어볼 수가 없잖아요.

아빠 왜 안 되지?

아들 그러려면 일단 기차에 타야 하는데 표가 없잖아요.

아빠 표가 없다니? 그건 무슨 소리냐?

아들 기차표를 팔던 창구가 없어졌으니까요.

아빠 창구가 없으면 자동발매기를 이용하면 되지.

아들 그치만 기계한테는 기차를 어디서 갈아타야 하는지 물을 수가 없잖아요.

아빠 그건 플랫폼에서 역무원한테 물으면 된다니까.

아들 표를 잘못 샀으면요? 아니면 어느 플랫폼으로 가야 하는지 조차 모를 수도 있잖아요!

아빠 그럼 어쩔 수 없지! 사람들의 작은 실수 하나까지 일일이 다 신경 쓸 수는 없잖니.

아들　미리 물어볼 수만 있어도 그런 실수는 안 하잖아요!

아빠　그랬다 하더라도 말을 잘못 알아들을 수도 있고, 그러면 기차를 잘못 타게 되는 건 마찬가지 아니냐!

아들　지금 농담하실 때가 아니에요.

아빠　천만에, 그 반대야. 난 지금 철저하게 사실만을 얘기하고 있다구!

아들　그럼 이유를 말해주세요. 왜 국가는 멀쩡하게 일하던 사람들을 내보내고 그 자리에 말도 못 하는 기계를 갖다놓는 거예요? 기계가 훨씬 불편한데. 기차표 한 장이 얼마 하는지 몰라서 허둥대는 동안 기차는 떠나버린다구요.

아빠　그건 시간이 지나면 다 배우게 돼 있어. 그리고 승객들 대부분이 정액권 같은 걸 갖고 있어서 사실 매표 창구에 있는 사람은 할 일이 거의 없기도 하고.

아들　할 일이 많이 없으면 더 좋죠. 그러면 할머니 할아버지가 뭘 물어볼 때 더 친절하게 가르쳐줄 수 있잖아요. 여행하는 사람들한테도 그렇구요!

아빠　어차피 여행객들은 국가 경제에 크게 도움도 안 되는걸! 그리고 길을 모르는 사람들 몇 명 때문에 매표 창구에 공무원을 앉혀놓을 순 없지 않겠니?

아들	왜 안 돼요? 지금까지는 늘 그래왔잖아요.

아빠	그 대신 기계가 있는 거잖니!

아들	기계는 사람보다 훨씬 더 불편하단 말이에요.

아빠	하지만 더 경제적이지!

아들	찰리 아빠가 그러는데, 그게 더 경제적이라고 생각하는 사람은 뭘 잘 모르는 거래요. 그 이후에 일어날 일들을 생각해보면 그게 훨씬 돈이 많이 드는 거래요!

아빠	아니, 그렇지 않아! 가끔 수리비는 좀 들겠지만 그 대신 기계는 24시간 쉬지 않고 일할 수 있는데다 휴가도 필요 없고, 또 임금을 올려달라고 하지도 않으니까!

아들	하지만 표를 팔던 사람한테 실업수당을 줘야 하잖아요. 그 사람은 직장을 잃고 속이 상해서 술을 마시고 집에 가서 부인을 두들겨 팰지도 몰라요. 아이들한테도 소홀해지고…… 그럼 온 가족이 불행해지는 거예요.

아빠	할머니는 왜 빼니? 심장마비로 병원에 입원이라도 해야 하는 거 아니냐? 나 원 참, 보자보자 하니까! 뭔가 자동화가 될 때마다 가족들이 불행해진다면…… (갑자기 말을 중단하며) 근데 내가 지금 왜 네 그 소설 같은 이야기에 대꾸를 하고 있는 거냐.

아들   정부는 지금도 많은 실업자를 왜 계속 늘리는 거예요?

아빠   일부러 그러는 건 아니야. 더 경제적으로 운영하려는 거지.
       회사처럼 말이다.

아들   실업자가 점점 더 많아지는 걸 '경제적'이라고 하는 거예
       요? 찰리 아빠 말로는 정부에서 일하는 사람들이 계산을 못
       하는 거래요.

아빠   말도 안 되는 소리! 아빠 말 좀 들어봐라. 경제부장관은 그
       쪽 전문가야.

아들   그럼 더 오래 일하는 것도 계산해봤을까요?

아빠   그건 또 무슨 말이냐?

아들   사람들이 더 오래 일해야 한다는 거요. 일흔, 여든……

아빠   그만! 그만하면 됐다!

아들   그치만 노인들은 더 오래까지 일하고 반대로 젊은 사람들
       은 일거리가 없다는 게 말이 안 되잖아요.

아빠   연금 때문이야. 과도한 연금 지출을 줄일 방법을 찾기 위해
       서라구.

아들   아, 그렇군요. 그러면 국가는, 늙어 죽을 때까지 일을 시키
       면 연금을 줄 필요가 없을 거라고 생각하는 건가요?

아빠   더이상은 못 들어주겠구나.

아들 얼마 전에 아빠도 그랬잖아요, 저런 늙은 할망구는 직장 그
만두고 연금이나 받으면서 살아야 한다고.

아빠 뭐라구?? 나는 절대로 그렇게 말한 적 없어!

아들 분명히 그랬어요. 구스티 고모 병문안 갔을 때요. 그때 아
빠가 수간호사 아줌마한테 꽃병 하나만 달라고 했다가……

아빠 ……아, 그거! 하지만 그땐 그 간호사가 정말 심했다구. 내
가 어디 술집에서 맥주라도 한 병 사다달라고 한 것처럼 날
대했잖니.

아들 엄마는 그 간호사 아줌마를 이해할 수 있다고 했어요. 하루
종일 너무 시달려서 인내심이 없어진 거라구요. 그런 간호
사들은 더 일찍 일을 쉬어야 한대요.

아빠 다른 사람은 몰라도 그 간호사는 그래야 할 것 같더구나.

아들 그런데 더 나이 들어서까지 일을 해야 한다면요?

아빠 난들 알게 뭐냐. 어차피 나랑은 상관없는 일인데.

아들 어쨌든 찰리 아빠는, 정부가 지금처럼 계속하다가는 돈을
요양비 물어주는 데 다 써야 할 거래요.

아빠 요양비라니, 누구한테 말이냐? (혼잣말로) 진짜 요양이 필
요한 사람은 나야.

아들 (아랑곳하지 않고) 일하는 사람들은 스트레스 때문에 요양

이 필요하고, 일자리가 없는 사람들은 우울증 같은 거 치료하는 데 또 돈이 필요하니까요.

(아빠, 대꾸가 없다)

……공원에서 잔디 깎던 작은 금발 남자 기억나죠? 만날 휘파람을 불고 다니던 남자 말예요.

아빠 응 그래, 알지. 그 남자가 왜?

아들 쫓겨났어요.

아빠 왜? 꽃이라도 훔쳤다니?

아들 농담하실 일이 아니에요! 공원에 잔디 깎는 기계가 새로 들어왔거든요. 냄새가 어찌나 메스꺼운지, 엄만 정신이 하나도 없대요. 어쨌든 그 기계 때문에 이제 일할 사람들이 많이 필요 없나봐요.

아빠 그것 참 안됐구나. 그 사람, 일할 때 늘 행복해 보이던데…… 어쩌면 그사이 더 나은 일자리를 구했을지도 모르지.

아들 정말 그렇게 생각하세요?

아빠 왜 안 되지? 기회는 누구에게나 있는 법이야.

아들 ……이제 알겠어요, 아빠!

아빠 뭘 알겠다는 거냐?

아들 국가가 사람들의 일자리를 뺏는 이유 말예요. 사람들한테

더 나은 일자리를 찾을 수 있는 기회를 주기 위해선가봐요!

돼지저금통

아들 아빠, 찰리가 그러는데요, 걔네 누나가 은행에 갔다가 꼬맹이 하나가 돼지저금통을 들고 오는 걸 봤다고 했대요!

아빠 참 장하구나……

아들 그게 뭐가 장해요? 찰리 누나는 요즘 부모들이 다 변태가 되어가는 것 같다고 하던걸요?

아빠 앞으로 그 단어는 네 머릿속에서 완전히 지워버려라, 알겠니?

아들 뭐요, 변태요? 그게 안 좋은 말이에요?

아빠 그래, 특히 애들한테는. 그리고 문맥에도 안 맞고.

아들 그럼 뭐라고 하면 좋을까요?

아빠 아무 말도 안 하는 게 제일 좋을 것 같구나. 꼬마가 자기 돼지저금통을 가지고 뭘 하든 그게 너희들이랑 무슨 상관이냐?

아들 자기가 하고 싶어서 하는 게 아니니까 그렇죠.

아빠 그걸 너희들이 어떻게 알아?

아들 아빠 생각엔 아직 학교도 안 다니는 꼬마가 자기 돼지저금통에 든 돈을 통장에 넣고 싶어할 것 같아요?

아빠 그럴 수도 있지. 그애 부모가 중요한 게 뭔지 가르쳐줬다면 말이다.

아들 뭐가 중요한데요?

아빠 돈이 있다고 무조건 다 써버릴 게 아니라 저금을 해서 이자를 늘려야지.

아들 그런 꼬맹이가 이자가 뭔지 어떻게 알아요?

아빠 그러니까 잘 알아듣도록 설명을 해줘야지.

아들 어떻게요?

아빠 너 같으면 어떻게 설명하겠니? 넌 학교에서 배웠을 거 아니니. 대체 이자가 뭐냐?

아들 이자는요, 일 안 해도 돈이 혼자 저절로 많아지는 거예요.

아빠 그건 꼭 찰리 아빠 말투 같구나. 어때, 내 말이 맞지?

아들 그럼 아니에요?

아빠 꼭 맞다고 할 순 없어!

아들 어떤 점에서요?

아빠 첫째, 이자를 늘리기 위해 은행에 돈을 넣으려면 먼저 일을
해야지. 우선 돈을 벌어야 할 것 아니니.

아들 그치만 그 꼬만 일을 한 게 아니잖아요.

아빠 아, 그건…… 그래, 좋아. 아이일 경우에는 일을 할 수가 없
지. 하지만 그애도 나름대로 돈을 번 거라고 말할 수 있어.

아들 어떻게요? 상 차리는 거나 휴지통 비우기 같은 거 도와주고
요?

아빠 그래, 예를 들자면 그런 거……

아들 엄마 아빠 내가 휴지통 비웠다고 돈 준 적 한 번도 없잖아
요!

아빠 그게 더 좋은 거야. 내 말은 그러니까, 너처럼 큰 애들은 그
정도 일은 당연히 알아서 해야 한다는 뜻이야!

아들 나도 그 일 하면서 불평한 적 없어요. 하지만 아까 아빠가
그애가 나름대로 번 걸 거라고 했잖아요.

아빠 그래, 그애 애길 계속 해야겠다면, 좋다. 아마 그앤 부모님
말씀도 잘 듣고, 아빠가 얘기하는 데 끼어들지도 않을 거

야!

아들 애들이 조용히 입 다물고 있는다고 부모님이 돈을 준다는 소린 아직 들어본 적이 없어요.

아빠 중요한 건 그게 아니야! 돼지저금통에 어떻게 돈이 모이게 됐는지는 하나도 중요하지 않다구! 그리고 어떤 애들은 돼지저금통이 아예 없을지도 모르고.

아들 그럼 은행에 갈 수도 없겠네요, 돈이 없으니까.

아빠 못 가지!

아들 하지만 찰리 누나가 흥분한 건, 부모님들이 그렇게 어린 애들한테까지 돼지저금통을 은행에 맡기라고 강요했다는 것 때문이에요!

아빠 왜, 그애 부모가 두들겨 패기라도 했다더냐? 은행에 가라고?

아들 어쨌든 애들이 스스로 그런 생각을 할 리는 없어요!

아빠 그래, 그렇지! 애들 혼자서는 그렇게 이성적인 판단을 할 수가 없어. 바로 그래서 교육이라는 것이 필요한 거지!

아들 애들한테서 돈을 빼앗고 그 대신 숫자만 잔뜩 적힌 통장을 쥐어주는 게 무슨 교육이에요?

아빠 어릴 때부터 돈을 효과적으로 관리하는 방법을 배우는 건 좋은 일이야. 통장을 갖게 되면 쓸데없이 돈을 낭비하지도 않게 될 거고, 나중에…… 음, 그러니까 꽤 큰 액수가 될 때까지 저금을 하는 게 옳았다는 걸 깨닫게 되지. 그러기 위해서는 은행에 돈을 맡기는 게 제일 안전하고 말이야. 그래야 자꾸 쓰고 싶은 충동이 안 생길 테니까.

아들　그리고 이자도 생기구요.

아빠　그래.

아들　찰리 누나는 그게 오히려 비교육적이래요. 애들이 돈에 욕심이 생겨서 구두쇠가 되니까요.

아빠　그거야말로 말도 안 되는 억지구나. 저축을 열심히 하는 사람들이 모두……

아들　애들요, 애들! 사람이 아니라!

아빠　애들은 사람 아니냐? 어쨌든 저축을 열심히 한다고 해서 무조건 다 욕심쟁이나 구두쇠가 되는 건 아냐. 오히려 그 반대지! 다른 사람한테 인정을 베풀고 싶어도 돈이 있어야 베풀 수 있는 것 아니니. 그리고 또 친구 생일에 좋은 선물도 할 수 있고……

아들　저금통을 깨면 되죠.

아빠　너 정말 아빠 말을 이해 못 하는 거냐, 아니면 일부러 그러는 거냐?

아들　물론 무슨 말인지는 다 알아요. 돈을 은행에 저금하는 게 더 안전하다는 말이잖아요, 안 그러면 자꾸 쓰고 싶어지니까. 그리고 또 이자도 생기구요.

아빠　제대로 이해했구나.

아들　그런데 왜 애한테 돈이 생기면 그 돈으로 아이스크림을 사 먹거나, 아니면 자기 아빠 생일 선물로 팬티를 사거나 하면 안 되는 거죠?

아빠　그래, 팬티 얘기가 나왔으니 말인데, 네가 선물한 그 팬티를 예로 들어보면 말이다…… 물론 아빠 그 선물이 무척 마음에 들었단다. 하지만 만약 그때 팬티를 샀던 돈을 은행에 저금해두었더라면 그 동안 불어난 이자만으로도 팬티를 살 수 있었을 거다. 원금은 하나도 안 쓰고 말이야!

아들　하나도요?

아빠　왜냐하면 말이다…… 처음부터 다시 설명하마. 네가 만약 이십만원을 은행에 저금했다면 말이지……

아들　이십만원씩이나 어디서 생겨요?

아빠　그야 저금해두었던 돈이지. 으이그! 다시 하자. 네가 만약 이십만원을 은행에 저금했다고 하자. 그럼 일 년 뒤에는 음…… 만원 정도 이자가 붙겠지. 그럼 넌 그 이자만으로도 아빠한테 아주 좋은 팬티를 선물할 수 있었을 거란 말이야. 그렇게 되면 그 팬티 값은 은행이 낸 거나 마찬가지.

아들 아빠 아빠 생일 선물을 나보다 은행이 사주는 게 더 좋은 거예요?

아빠 휴우, 난 이제 손들었다! 네 돈이니 담배 상자에 모셔두든지 다 써버리든지 마음대로 해라!

아들 찰리 누나 말이 바로 그거예요! 애들이 자기 돈으로 뭘 하든 그냥 내버려둬야 한다구요.

아빠 어떤 애들은 은행에 저금하는 걸 더 좋아할지도 모르잖니?

아들 돈이 점점 더 많아져서 평생 일 안 하고도 살 수 있게 되니까요?

아빠 누가 그렇게 바보 같은 생각을 하겠니.

아들 아직 어리니까 그럴 수도 있죠. 부모님이 자꾸 이자 얘기를 하면 진짜 그렇게 믿게 될지도 모르잖아요.

아빠 ……아니면 입고 있던 옷을 지다가던 사람들에게 다 벗어주고 자기는 속옷 바람으로 서서 하늘에서 금덩어리라도 안 떨어지나 기다릴 수도 있겠지!

아들 그런 생각을 한다면 차라리 낫겠네요!

아빠   뭐라고? 그런 동화 같은 얘기를 믿는 게 더 낫단 말이냐?

아들   물론이죠. 그럼 적어도 자기 저금통만 지키는 대신 가난한
사람들을 동정하고 인정을 베푸는 법은 알게 되잖아요.

아빠   미안하지만 하늘에서 금덩어리가 떨어지는 일은 절대로 없
을 거다. 너도 명심해둬! 그리고 그렇게 속옷 바람으로 서
있는다고 해도 쳐다보는 사람 하나 없을 거고. 자기만 괜히
고생하는 거야. 감기라도 걸리면 어쩌겠니!

아들   동화는 항상 교훈을 담고 있는 거 아니에요? 내가 더 어렸
을 때 아빠가 동화책을 읽어주곤 했잖아요.

아빠   그래, 그랬지. 차라리 그때 그러지 말걸, 하고 지금 후회하
는 중이다.

아들   ……그 대신 억지로라도 은행에 저금하도록 만들걸, 하는
거죠?

아빠   너 자꾸 그런 식으로 얘기하면 앞으로 용돈 안 준다!

아들   알았어요, 이제 말 안 할게요. 그전에 뭐 하나 물어봐도 돼
요?

아빠   뭔데?

아들   아빠 정말 내가 돈이 생길 때마다 이자가 얼마나 될까 계산
하길 바라는 거예요?

까만 양은 어떻게 구별하나요?

아들 　아빠, 찰리가 그러는데요, 걔네 아빠가 까만 양 그림은 없
　　　어져야 한다고 그랬대요!

아빠 　그래? 찰리 아빠가 이젠 예술 평론에까지 손을 대기로 했나
　　　보구나.

아들 　아뇨, 그건 무슨 뜻이죠?

아빠 　그림을 평가하는 건 원래 예술평론가의 일이잖아.

아들 　아, 그런 그림 말구요. 내가 말하는 '까만 양'은 사람들이
　　　머릿속에 떠올리는 이미지를 얘기하는 거예요.

아빠 　아, 비유 말이구나.

아들 　네, 그거요.

아빠 그런데 그게 뭐가 잘못됐다는 거냐? 하얀 양떼 속에 새까만 양 한 마리, 뜻이 아주 분명하잖아. 그림이 벌써 눈에 선한 걸.

아들 아뇨, 그건 나쁜 그림이에요. 까만 양도 색깔만 빼곤 다른 양들이랑 똑같으니까요.

아빠 그래, 바로 그 색깔 때문에 전체적인 틀에 맞지 않는다는 거 아니냐.

아들 또 진짜 그림 얘기예요?

아빠 내가 언제?

아들 '틀'이라고 했잖아요. 그거 그림 넣는 액자잖아요.

아빠 아하, '틀에 안 맞는다'는 말도 일종의 비유란다.

아들 어쨌든요. 까만 양이 다른 양들한테 해를 끼치는 것도 아니잖아요. 까만 양도 다른 양들이랑 똑같단 말예요.

아빠 색깔은 똑같지 않지!

아들 색깔이 다르다고 나쁜 건 아니잖아요! 성격이나 뭐 그런 거 말예요.

아빠 (웃으며) 양치기는 너랑 생각이 좀 다를걸? 양치기한테 중요한 건 양털이지 양의 성격은 아니니까.

아들 까만색이면 어때요, 까만색 모직도 있잖아요!

아빠　　그래, 맞아. 하지만 사람들이 흰 양털을 더 좋아하는 걸 어쩌겠니. 그래서 까만 양은 양떼에서 골라낼 수밖에 없는 거고. 근데 내가 도대체 왜 너랑 한가하게 양떼 얘기나 하고 있는지 모르겠구나! 내가 양치기도 아닌데.

아들　　아빠도 조금만 생각을 해보세요, 진짜 재밌다니까요!

아빠　　지금까지로 봐서는 별로 재미있을 것 같지가 않구나.

아들　　그건 아빠가 다른 것도 까만 양하고 같다고 생각하시기 때문이에요.

아빠　　'다른 것도'라니, 그건 또 무슨 뜻이냐?

아들　　사람들 말예요. 외모가 다른 사람들을 까만 양처럼 생각하잖아요.

아빠　　외모가 다르다니?

아들　　펑크족이나 집시들, 외국인들처럼 우리랑 겉모습이 다른 사람들, 또……

아빠　　……그래 그래. 그 정도면 무슨 말인지 알겠다. 하지만 네 말대로 그 '색깔이 다른 양' 들도 모두 보통 양들 속에서 아무 문제 없이 잘 살고 있고 또 보통 양이랑 똑같이 열심히 풀을 뜯고 있잖아. 그런데 뭐가 문제라는 거냐?

아들　　하지만 찰리 아빠 말로는, 사람들이 대부분 속으로는 그런 사람들을 다른 곳으로 쫓아내고 싶어한대요.

아빠 그건 불가능한 일이야. 소위 소외 집단에 속하는 소수의 사람들까지도 우리의 법 안에서 철저히 보호받고 있으니까.

아들 음…… 찰리 아빠는 늘 우리랑 외모가 다른 사람들만 주시하고 있다가는 진짜 까만 양을 못 가려낼지도 모른다고 했어요.

아빠 진짜 까만 양? 그게 누군데?

아들 다른 사람들이랑 똑같은 모습을 하고 있지만 사실은 진짜 나쁜 짓을 하는 사람들요!

아빠 그것도 설명이라고 하는 거냐? 핵심을 말해봐.

아들 그런 사람들은 겉으론 매너도 좋고 친절하기 때문에 모두들 감쪽같이 속는대요.

아빠 그야 그렇겠지. 뭔가 꿍꿍이가 있는 사람들은 가능한 한 다른 사람들 눈에 띄거나 의심받을 짓은 안 할 테니까. 범죄 소설만 봐도 그렇잖니. 그런데, 그래서 어쩌라는 거냐?

아들 겉모습보다 그 사람의 속마음을 들여다봐야죠.

아빠 미안하지만 그건 별로 도움이 안 되는 얘기인 것 같구나! 진짜 문제는 바로 사람들의 '속마음'을 들여다볼 수 없다는 데 있으니까! 사람들의 머릿속에 어떤 생각이 들어 있는지,

가슴속에 어떤 맘을 품고 있는지……

아들　그치만 멋진 직업에 돈도 많이 가지고 있어서 겉으로 근사해 보이는 사람들도 실제로는 그렇지 않을 수 있잖아요.

아빠　그건 그렇지. 하지만 찰리 아빠는 좋은 넥타이에 비싼 양복을 걸친 사람들은 무조건 의심하고 보는 스타일 같구나! 그런 걸 두고 '속을 들여다보는' 거라고 하더냐?

아들　찰리 아빠는 무기 밀매나 탈세를 하는 사람들을 두고 한 말이에요.

아빠　법을 어기는 사람은 다 벌을 받게 돼 있어. 지금 당장은 아니더라도 말이다.

아들　그치만 처음에는 모두들 속아넘어가서 잘 해주잖아요. 겉모습만 보고 말이에요.

아빠　경찰서에 끌려가기 전까지는 보통 사람들처럼 대하는 게 당연한 거야. 안 그러냐?

아들　찰리 아빠 말로는, 나쁜 사람인 줄 알면서도 잘 대해줄 때도 많대요. 그런 사람들도 겉으로 보기에는 보통 사람들이랑 똑같으니까요.

아빠　이제 제발 그만 하렴. 넌 지치지도 않니?

아들　찰리 아빠가 그러는데요, 옛날에 나치였던 사람들 있잖아요, 온갖 나쁜 일을 저질렀던……

아빠　그런 사람들 중에 처벌을 받지 않은 경우는 그 사람들을 처벌할 만한 구실이 없었기 때문이야. 네게 설명해봤자 이해도 못 하겠지만……

아들　그럼 국민의 돈으로 사기를 치는 사람들은요? 그 사람들은, 거리 한가운데 마차를 세워놓고 미사일 발사에 반대하는 사람들보다 훨씬 더 나쁘잖아요. 그런데 왜 경찰 아저씨들은 그런 나쁜 사람들은 안 잡아가고 시위하는 사람들만 따라다니면서 감시하는 거예요?

아빠　경찰은 그 사람들이 시위를 하기 때문에 감시하는 게 아니야. 그 사람들 겉모습 때문은 더욱 아니고. 그 사람들이 법에 어긋나는 행동을 하기 때문이지.

아들　그래도 멋있게 차려입은 마피아 두목보다 더 나쁜 건 아니잖아요. 안 그래요?

아빠　글쎄다. 마피아 두목이 멋있는지는 잘 모르겠구나. 실제로 본 적도 없고 말야. 아마 경찰들도 마피아 두목을 직접 본 사람은 거의 없을걸. 그리고 그런 말도 있잖니, ‘옷이 사람을 만든다’ 는…… 옷차림에 전혀 신경 쓰지 않는 사람들은 그만큼 오해받을 여지가 많은 법이야.

(잠시 침묵)

아들   사람들은 정말 어리석어요, 그쵸?

아빠   글쎄, '어리석다' 기보다는 오히려 인간적이라고 해야겠지. 그렇지만 이 아빠처럼 이성적인 사람이라면 사람들의 겉모습 때문에 판단이 흐려지지는 않을 거다. 아빤 다른 사람을 있는 그대로 판단하거든, 그 사람의 외모가 어떻든지 간에 말이다.

아들   정말 그렇게 생각하세요?

아빠   그럼, 물론이지.

아들   아닌 것 같은데요.

아빠   아빠 말을 못 믿는 거냐?

아들   지난주에 있었던 일 때문에요.

아빠   지난주? 그때 무슨 일이 있었는데?

아들   (화난 목소리로) 내가 제일 아끼는 옷들을 몽땅 헌옷함에 갖다 버리셨잖아요.

진짜 유행

아들   아빠, 찰리가 그러는데요, 걔네 아빠가 화학약품은 몸에 나쁘다고 했대요.

아빠   그렇겠지. 신경안정제 같은 걸 의사 처방도 없이 마구 복용하는 사람이 건강할 리가 없잖니.

아들   아뇨, 먹을 필요도 없어요.

아빠   그럼?

아들   많이 사용하기만 하면 돼요. 그치만 찰리 아빠는 일단 쑤셔 본대요!

아빠   (큰 소리로 웃으면서) 그건 나도 잘 아는 얘기로구나. 찰리 아빠가 쑤셔대는 걸로 유명하다는 거 말야! 코딱지만한 일까지 여기저기 안 쑤시고 다니는 데가 없잖니!

아들　그리고 배수구두요.

아빠　그래, 거기도.

아들　배수구가 막히면 우선은 고무 펌프로 해본대요. 그래도 안
　　　되면 긴 꼬챙이 같은 걸로……

아빠　……그래 그래. 나도 배수구 뚫는 법 정도는 알아!

아들　그럼 왜 우리 세면대엔 화학약품을 한 통씩이나 뿌리셨어
　　　요?

아빠　왜냐하면 말이지, 난 배수구나 쑤셔대고 있을 정도로 한가
　　　한 사람은 아니니까.

아들　화학약품은 관에 낀 찌꺼기 같은 걸 완전히 녹이죠?

아빠　그래, 그렇다고 이 아빨 나쁘게 보진 마라. 배수구 뚫을 시
　　　간이 있으면 그 시간에 난 차라리 다른 걸 하겠다!

아들　아빠가 그 시간에 뭘 했는지 다 알아요.

아빠　음……

아들　지하실에서 운동했죠? 철봉에 겨우 매달려서……

아빠　'겨우 매달려' 있었던 게 아니라 난 진짜로 운동을 한 거
　　　야. 내 건강을 위해서!

아들　그치만 세면대에 한 일은 건강에 안 좋은 일이잖아요.

아빠   그래, 그때 난 화학약품을 선택한 거지!

아들   그건 몸에 해로워요……

아빠   내 일에 간섭하지 말고 네가 가진 나쁜 습관이나 좀 고치는
       게 어떻겠니?

아들   난 나쁘게 하고 싶어도 못 하는걸요. 며칠 전에 내가 자전
       거 닦으려고 아빠 차에 쓰는 크리너 좀 쓰려고 했더니 아빠
       가 못 쓰게 했잖아요.

아빠   그게 얼마나 비싼 건지 알기나 해? 자전거는 일반 세제로
       닦아도 돼.

아들   그럼 그건 왜 사셨어요?

아빠   일반 크리너로 차를 닦으려면 힘이 세 배나 더 드니까.

아들   힘은 왜 아끼는 건대요? 만날 다이어트해야 한다고 하면서.

아빠   자꾸 그렇게 따지고 들 거냐?

아들   난 아빠가 환경 친화적으로 살을 빼면 더 좋겠다고 말하려
       는 것뿐이에요! 약으로 말구요!

아빠   난 약 먹은 적 없어!

아들   욕실에서 봤어요, 식욕 억제하는 약! 엄마 건 아니라던데
       요.

아빠   이크! 이젠 스파이 짓까지 하는 거냐? 얘가 점점……

아들 다 아빠를 위해서 그러는 거니까 너무 화내지 마세요……

아빠 날 위하고 싶다면 제발 좀 가만히 놔두렴!

아들 그치만 아빠는 늘 건강에 해로운 일만 하잖아요. 얼마 전에
아빠가 머리 아프다고 했을 때 엄마가 해준 처방도 귀찮다
고 싫어했잖아요. 열날 땔 그게 최곤데……

아빠 그 얘긴 더이상 꺼내지 마라. 생각만 해도 머리가 지끈거리
니까.

아들 그치만 그렇게 하면 열이 금방 내려간단 말예요.

아빠 그거 안 하고도 열은 내려갔잖아. 네 눈에는 내가 아직 아
파 보이냐?

아들 약으로 나은 거잖아요.

아빠 제발 나한테 이래라 저래라 잔소리 좀 안 할 수 없냐?! 정
그렇게 집안 일에 간섭하고 싶으면 네 엄마한테 가봐라. 네
엄마가 편하게 일하려고 대체 어떤 물건들을 쓰는지 한번
보라구. 아마 깜짝 놀랄걸! 어디 화학약품 아닌 게 하나라
도 있는 줄 아니? 주방세제, 가루비누, 락스……

아들 엄마는 그래도 아주 조금씩밖에 안 써요.

아빠 그거야 그럴 만하니까 그렇겠지.

아들 왜요?

아빠 네 엄마는 나가서 돈 안 벌어도 되잖아! 그러니까 화학약품을 조금만 쓰는 대신 노동력과 시간을 그만큼 더 투자할 수 있지.

아들 찰리 엄마도 그러는걸요. 찰리 엄마는 일도 하는데.

아빠 그 대신 그 집은 우리집보다 덜 깨끗할 거다. 그 집 사람들은 그런 거에 별로 신경 쓰지 않는 것 같더구나.

아들 그런 거요?

아빠 집 안을 항상 가꾸고 깨끗이 하는 거 말이다!

아들 바닥에 음식이 흘러도 거리낌없이 주워먹을 수 있을 정도로 말이죠?

아빠 그래, 그 정도로!

아들 그래도 바닥에 떨어진 건 안 먹잖아요.

아빠 그렇긴 하지만, 그럴 수 있을 정도로 깨끗해야 한다는 거지.

아들 왜 그래야 하는데요?

아빠 집 안이 안 깨끗하면 마음이 찜찜하니까!

아들 찰리네 집 식구들은 안 그런걸요. 그 집에 놀러 가면 마음이 얼마나 편한데요.

아빠 마음이 편하고 안 편하고를 떠나서 청결 문제를 말하는 거야. 철저한 청결 문제!

아들 청결 문제…… 항상 청결만 염두에 두면 철저해지나요?

아빠 너 일부러 못 알아듣는 척 시치미 떼는 거지? 철저한 청결
이란 완벽하게 깨끗해야 한다는 뜻이야. 될 수 있는 대로
최대한!

아들 어쨌든 완벽한 건 아닌 것 같아요. 안은 깨끗해지지만 밖은
더 더러워지니까요. 화학약품 때문에 오염되잖아요.

아빠 집 안을 깨끗이 한다고 해서 환경이 파괴되는 건 아니야.
화학약품이 없던 옛날에도 깨끗하게 살 수 있었으니까, 그
럴 의지만 있다면 말이다.

아들 그때는 배수구도 직접 뚫었겠죠? 펌프나 꼬챙이 같은 걸
로?

아빠 다른 방법이 없었을 테니까……

아들 정원도 오염이 안 됐을 테구요?

아빠 뭐?

아들 그때는 딱정벌레나 무당벌레 같은 걸 직접 손으로 잡았을
거라구요. 그죠?

아빠 음, 아마도……

아들 근데 아빠는 약을 뿌렸잖아요!

아빠   아빠 말 좀 들어봐라. 옛날에는 집집마다 아이들이 많아서
집안 일도 돕고 그랬단다. 우리가 다시 그런 옛 전통들을
되살려야 한다면 너도 할 일이 훨씬 많아질걸? 철마다 딱정
벌레도 잡아야 할 거고…… 아빠 말 무슨 뜻인지 알겠니?

아들   어차피 이젠 하나도 없는걸요, 뭐.

아빠   조금만 있으면 금방 또 생길 거야. 그때는 환경 친화적으로
내 일을 도와줄 훌륭한 아들이 있다는 사실을 기억하마!
화학약품은 하나도 안 쓰고 말이야.

아들   그때 찰리도 불러도 되죠?

아빠   그래.

아들   사비네랑 알리두요?

아빠   친구들 다 시키고 넌 지휘만 하려고 그러는 거냐?

아들   아뇨. 그치만 사람이 많으면 재밌잖아요. 그리고 그애들은
항상 돈이 없다구요.

아빠   너 설마 용돈을 바라고 정원 일을 도와주겠다고 한 건 아니
겠지?

아들   아뇨. 그런 건 바라지 않아요. 그치만 딱정벌레를 모아서
팔 수 있거든요. 딱정벌레를 키우는 사람들한테.

아빠   아하, 바로 그거로군! 진보적인 행동을 가장해서 사업을 하

시겠다!

아들　어쨌든 해로운 건 아니잖아요.

아빠　글쎄, 그건 두고 봐야지.

아들　그리고 그렇게 하면 우리는 유행의 첨단을 걷는 사람들이

될 수 있어요!

아빠　어휴, 그것까지! 그 유행의 첨단이란 게 대체 뭐냐?

아들　돈 버는 거요, 좋은 일하면서 돈 버는 거!

이웃은 어디에 있나요?

아들　아빠, 찰리가 그러는데요, 걔네 아빠가 도움이 필요한 이웃을 꼭 멀리서 찾을 필요는 없다고 했대요!

아빠　뭐라구? 그건 또 무슨 말이냐?

아들　등잔 밑이 어둡다, 그런 속담도 있잖아요. 불우한 이웃은 바로 자기 옆에 있대요!

아빠　그렇게 애매한 소리만 계속 하려거든 너 혼자 방에 가서 하거라!

아들　무슨 말인지 모르겠다구요? 그럼 다르게 얘기할게요. 음, 그러니까 사람들이 나무만 보고 숲은 못 본다구요!

아빠　네가 속담에 그렇게 관심이 많은 줄은 몰랐구나. 저기 책장

두번째 칸에 속담사전 보이지? 맘껏 보렴!

아들   아뇨, 됐어요. 지금 얘기는 속담사전이 아니라 성경에 있는
말이에요.

아빠   그럼 더 좋고. 그럼 성경을 먼저 읽으렴! 네가 성경을 다 읽
으면 그때 다시 얘기하자꾸나.

아들   좋아요! 학교도 안 가고, 내 방 청소도 안 하고, 엄마 장볼
때도 안 따라가고, 그러면……

아빠   (말을 가로막으며) 알았다, 알았어. 내가 졌다. 하던 얘기
다시 해보렴.

아들   찰리 아빠 말은요, 그러니까 요즘 사람들은 이웃들을 먼 곳
으로 밀어놓는다는 거예요, 아프리카나 인도 같은……

아빠   정말 그런 방법이 있으면 나도 좀 배우고 싶구나! 쿨리케
부인을 인도까지만이라도 좀 밀어놓게 말이다!

아들   우리 정원에 할머니네 잡초를 갖다버려서요?

아빠   그것말고도 한두 가지가 아니야!

아들   그치만 할머닌 아빠 도움이 필요 없잖아요!

아빠   정말 천만다행이지. 쿨리케 부인이 수시로 날 필요하다고
찾는다면……

아들   그럴 수도 있죠. 어느 날 갑자기 다리가 부러져서 못 걸어

다니게 된다든지 하면 아빠가 병원까지 태워다줘야 할지도
모르잖아요.

아빠 절대로 그렇게는 못 해!

아들 그치만 우리한테는 가장 가까운 이웃이잖아요.

아빠 거리상으로야 그렇지. 하지만 마음으론 아니야!

아들 흠, 그럼 아빠가 항상 돈을 보내는 그 고아원은 마음으로
가까운 이웃인가요?

아빠 그거야 물론이지. 그건 내가 기꺼이 하고 싶은 일들 중의
하나야. 누군가는 집 없는 아이들을 돌봐줘야 하잖니. 그
아이들이 그렇게 버림받은 채 홀로 커서 나중에 사회에 불
만을 품고 집집마다 불을 지르고 다니도록 방치할 순 없는
일이니까.

아들 저도 아빠가 하는 일이 옳다고 생각해요. 아빠, 그런데 얼
마나 보내는 거예요? 아주 많이요?

아빠 많지도 적지도 않은 돈이야.

아들 (망설이며) 저기요…… 혹시 그 돈, 반만 보내면 안 될까
요, 그러면 큰일나요?

아빠 그건 또 무슨 소리냐? 너 설마 거기 보낼 돈으로 뭘 사달라
는 말은 아니겠지?

아들 내가 아니라 알리 여동생한테요…… 며칠 있으면 그애 생일인데, 우리가 돈을 모아서 세발자전거를 사주기로 했거든요.

아빠 우리가 누구냐?

아들 알리랑 그애 큰형이랑 찰리랑 저요. 그런데 돈이 좀 모자라서요.

아빠 모자라는 게 당연하지! 애들이 대체 그렇게 큰돈이 어디 있다고…… 그렇기도 하지만 애들이 그런 비싼 선물을 주고받는 건 바람직하지 않아!

아들 그애는 항상 길에서 혼자 논단 말예요. 그리고 아직 자전거도 탈 줄 모르구요.

아빠 그럼 걔네 엄마한테 애랑 산책이라도 함께 다니라고 하렴!

아들 걔네 엄만 하루 종일 일을 해야 돼요.

아빠 그럼 어쩔 수 없구나.

아들 아빠가 도와줄 수 있잖아요. 이번 딱 한 번만 고아원에 돈을 좀 적게 보내고……

아빠 그럴 순 없어. 그건 내 의무이기도 하지만, 사실 그 액수만큼 세금 공제를 받을 수 있거든.

아들 (실망한 투로) 그랬군요. 어딘가에 돈을 보내는 사람들은 모두 세금 때문에 그런 거였군요.

아빠 물론 세금 때문만은 아니야! 기부금 전액에 대해 공제 혜택이 있는 것도 아니고. 꼭 그 때문만은 아니라구! 돈을 아낄 목적이었다면 차라리 기부금을 안 내는 게 나으니까!

아들 네에, 그치만 찰리 아빤 사람들이 가능한 한 먼 곳에 떨어져 있는 사람들을 도와주려고 한대요. 그래야 귀찮은 일도 안 생기고, 또 좋은 일을 했다는 자부심도 가질 수 있으니까요!

아빠 그게 뭐 나쁜 거니?

아들 아뇨, 그치만…… 그냥 저기…… 예를 하나 들어볼게요.

아빠 꼭 그래야겠다면……

아들 찰리 아빠가 잘 아는 어떤 분은 집이 여러 채라서 사람들한테 세를 준대요. 그런데 애들이 있는 집에는 절대로 세를 안 준다지 뭐예요. 그 아저씨는 세 줄 사람들한테 먼저 아이가 있는지, 아니면 앞으로 아이를 낳을 계획이 있는지 그것부터 물어본대요! 그런데 그 아저씨 집에 가보면 벽에 온통 아프리카 아이들 사진으로 도배를 해놨대요. 그곳에 매달 돈도 보내고 또 그애들이랑 편지도 주고받는다잖아요. 거기 있는 어떤 수도승을 통해서요.

아빠   수도승이 아니라 가난한 사람들을 돌보는 신부들이겠지.
……아프리카 어린이들은 독일에 있는 아이들과는 비교도
안 될 만큼 어려운 상황이거든.

아들   그럴지도 모르죠. 그치만 찰리 아빠는 그 아저씨가 하는 짓
이 정말 정신병자……

아빠   그건 충분히 수긍이 갈 만한 행동이야! 소위 '사랑하는 이
웃'이 너무 가까이 있으면 신경 쓰이는 일들이 많아지게 마
련이니까. 그럴 땐 자기도 모르게 자기 보존 충동이란 게
생기게 되어 있다구. 너도 좀더 크면 다 알게 될 거다.

아들   전 안 그럴 거예요. 알리 동생들은 놀 때도 아주 조용하단
말예요. 내 말은, 아빠한테 하나도 방해가 안 될 거라구요.

아빠   언제 말이냐?

아들   오늘 오후에 우리집에 놀러 오면……

아빠   뭐? 너 지금 제정신이냐? 네 말썽꾸러기 친구들이 떼거리
로 몰려와서 우리 정원을 다 짓밟아놓고 엉망진창으로 만
들 때까지 내가 가만히 지켜보고만 있을 것 같냐? 지금 당
장 전화해라, 오지 말라고, 알았지?

아들   그건 안 돼요, 알리 집에는 전화도 없다구요.

아빠   그럼 직접 가서라도 말하고 와!

아들　너무 늦었어요, 걔네 집이 얼마나 먼데요.

아빠　그럼 그애들을 헛걸음시키는 수밖에 없겠구나. 맙소사! 넌 애가 도대체 왜 그 모양이니? 친구들을 부르기 전에 엄마 아빠한테 먼저 물어봐야 하는 것 아니니?

아들　아침에 학교에서 갑자기 약속하게 됐어요. 슈뢰더 선생님이 집에 정원이 있는 애들은 정원이 없는 애들을 집으로 초대하라고 했거든요!

아빠　슈뢰더 선생님이 그렇게 말했단 말이지! 그 선생님 댁엔 물론 정원이 없겠지?

아들　네, 없어요.

아빠　그러면 그렇지. 어쨌든 선생님 말대로는 안 된다. 그 터키 애들이 우루루 몰려오면…… 도대체 모두 몇 명이냐?

아들　다섯 명이요.

아빠　그것밖에 안돼? 그 부모님들, 그래도 나름대로 노력을 많이 했나보구나!

아들　그게 무슨 말이에요?

아빠　너는 알 것 없다. 어쨌든 그애들 오면 같이 놀이터에나 가서 놀아, 알겠지?

아들　그애들이 날 어떻게 생각하겠어요?

아빠   이 집엔 아무나 오는 게 아니구나, 생각하겠지. 우리집이
터키 상점이냐? 아무나 들락거리게? 나라마다 관습도 다르
고 예절도 다른 법이야!

아들   (혼잣말로) 개똥같은 관습……

아빠   너 방금 뭐라고 했니?

아들   아무것도 아니에요. 그냥 혼잣말이에요. 아빠, 아빠에게 이
웃이 필요할 땐 어떻게 될까요?

아빠   그 이웃 얘긴 이제 그만 하자. 다른 사람이 들으면 우리집
에 목사님이라도 온 줄 알겠다.

아들   (아랑곳하지 않고) 정말 그렇게 될지 궁금해요!

아빠   '그렇게' 라니?

아들   아빠에게 이웃이 필요할 때 먼 곳에 사는 사람이 아빠를 도
와줄지 말이에요!

참는 게 최고!

아들 아빠, 찰리가 그러는데요, 걔네 아빠가 자기는 절대로 장관 같은 건 못 할 거라고 했대요!

아빠 저런 안타까운 일이 있나! 난 찰리 아빠가 틀림없이 총리 선거에 출마할 거라고 생각하고 있었는데……

아들 찰리 아빠가 그럴 자격이 없다고는 생각하지 마세요!

아빠 너 벌써 찰리 아빠 후원자라도 된 거냐?

아들 그게 무슨 말이에요? 난 그냥 찰리 아빠가 정말 훌륭한 정치가가 될 수 있다고 생각하는 것뿐이라구요……

아빠 알았다, 알았어! 하지만 그건 너말고도 그렇게 생각하는 사람들이 좀더 있어야 할 것 같구나.

아들 찰리 아빠는 어차피 못 하실 것 같다는데요, 뭐. 근데 그 이유가 뭔지 아세요?

아빠 그래, 알 것 같다!

아들 아빠 모를 거예요. 그건 모욕당하는 것 때문이라구요.

아빠 정말 그런 답이 나올 줄은 전혀 예상 못 했는걸!

아들 그것 보세요. 찰리 아빠는 누가 자기를 그렇게 웃음거리로 만들고 또 모욕한다면 그 사람을 다시는 보고 싶지 않을 것 같대요. 그 사람 그림자도 보기 싫을 것 같다고요!

아빠 그건 다른 정치가들도 마찬가지일걸……

아들 그치만 누군가에 대해 온갖 험담 다 해놓고 나중에 카메라 앞에서는 그 사람하고 무척 친한 척하는 사람들 보면 정말 사이코 같아요.

아빠 그게 바로 일반인과 정치가의 차이지! 정치가들은 상대편 사람들한테 아무리 심하게 모욕을 당해도 겉으론 아무렇지 않은 척해야 하니까.

아들 상대편에 있는 사람들한테만 그러는 게 아네요. 찰리 아빠가 그러는데요, 어떤 사람들은 자기 친구들한테도 그런대요.

아빠 같은 정당의 동지를 말하는 거겠지……

아들 같은 거 아닌가요?

아빠 그건 같다고 할 수가 없어. 정치가들은—사업가도 그렇지
만—어떤 목적을 이루기 위해 친구들을 사귀는 경우가 많
거든. 그런 관계는 서로에 대한 개인적인 호감과는 상관없
이 상호 이익을 바탕으로 맺어지는 거란다.

아들 그러면 어떤 사람을 필요로 하면서 모욕하기도 하나요?

아빠 물론 그건 아니지! 누군가를 모욕했다면 보통은 그 사람이
더이상 필요가 없어진 것일 게다. 적어도 그 순간엔 말야.

아들 그랬다가 나중에 다시 필요해지면요?

아빠 그럼 그 사람, 운이 없었던 거지. 사과를 하든가 아니면……
나도 잘 모르겠구나.

아들 아빠는 그런 경우에 어떻게 할 거예요? 만약에 뤼디케 아저
씨가 아빠한테 개자식이라고 욕을 했다고 해봐요. 그런데
도 아무렇지 않게 그 아저씨를 도와줄 수 있어요?

아빠 그런 말은 또 어디서 배운 거냐? 한 번만 더 그런 말 쓰면
그땐 정말 혼날 줄 알아라!

아들 내가 그런 게 아니구요, 어떤 정치가가 그랬단 말예요!

아빠 어쨌든 넌 그런 말 쓰면 안 돼!

아들 알았어요. 어쨌든 뤼디케 아저씨가 그래도 아저씨랑 계속

같이 일하실 거냐구요!

아빠　아니, 절대로 못 하지. 어차피 아빠 정치가도 아니니까. 뤼디케 박사와 내 관계가 우리나라 전체의 안정과 번영을 좌우하는 것도 아니고 말이야.

아들　그럼 만약 아저씨가 아빠더러 고집불통에 인정머리도 없고 실력도 없는 사이코라고 하면요?

아빠　너 가만 보니 찰리 아빠가 한 말들을 아주 줄줄이 외우고 있구나! 그 좋은 기억력을 앞으론 학교 공부에 좀 쓰지 그러니.

아들　혹시 사회 시간에 필요할지도 모르잖아요.

아빠　그런 말 하다간 사회 시간에 써먹기도 전에 학교에서 쫓겨날까 두렵구나!

아들　그건 그렇고, 찰리 아빠가 그러는데, 옛날에는 모욕을 당하면 결투를 해서 서로 총으로 쏴 죽였대요.

아빠　그럼 최소한 그런 점에서라도 지금이 훨씬 낫다는 걸 다행으로 여겨야지! 요즘엔 다른 사람이 홧김에 한 소리에 크게 신경을 안 쓰니까 말이다. 그리고 그런 건 모두 그냥 말일 뿐이야! 너도 한번 생각해보렴. 정치가들이 매일같이 얼마나 많은 이야기들을 하는지, 그리고 그 사람이 내뱉은 한마

디 한마디를 순간순간 누군가가 기억한다고 한번 생각해보
라구.

아들　그러니까 더욱 말을 조심해야 하는 거 아니에요?

아빠　대부분은 그렇지. 가끔 안 좋은 일이 일어나기도 한다만,
그건 아주 예외적인 경우야.

아들　하지만 찰리 아빠는 그게 점점 더 심해진다고 하던걸요.

아빠　그래서 혹시 속으로 좋아하는 거 아니냐?

아들　그렇지 않아요. 그냥 놀랍다고만 했어요. 만약 아저씨 직장
동료 중에 그런 사람이 있다면 그날로 당장 해고될 거래요.
회사 분위기를 망치니까요!

아빠　해고는, 애야, 그 자리를 다른 사람이 대신할 수 있을 때만
가능한 거란다.

아들　그럼 그런 사이코 같은 정치가들을 대신할 사람이 없다는
건가요?

아빠　그런 것 같구나.

아들　그런 사람이 어디에 필요한데요?

아빠　어디긴 어디야, 국가 정책이랑 관련된 일이겠지.

아들　국가에 나쁜 행동을 하는 사람이 필요하단 말예요?

아빠　그런 바보 같은 질문이 어디 있냐? 꼭 그 '나쁜 행실 때문'

이 아니라, 그런 단점에도 불구하고 그 사람이 필요한 거지. 어떻게 생각해보면 그런 사람들은 마음이 약해서 그런 건지도 몰라.

아들 다른 사람들을 욕하는 사람이 마음이 약하다구요?

아빠 그렇게 생각할 수도 있어.

아들 그렇다면 정치가들은 모두 아주 용기 있는 사람들이어야 할 것 같아요!

아빠 실제로 그런 사람들도 많아. 정말 놀라울 정도지. 그렇지 않다면 어디 발뻗고 잘 수 있겠니, 낮 동안 당한 수많은 모욕들을 생각하면?

아들 개새끼라든가 뭐 그런……

아빠 네 입에서 그런 말 나오는 거 다시는 듣고 싶지 않다고 분명히 말했을 텐데?

아들 어떻게 나오시나 한번 해본 거에요. 아빠 그 한마디만 들어도 벌써 펄쩍 뛰잖아요. 그런데 다른 사람이 아빠한테 정말로 그렇게 욕을 하면 어떻겠어요?

아빠 어디 그러기만 해봐라, 내가 가만히 있나!

아들 찰리 아빠도 똑같이 얘기했어요.

(아빠, 흥분을 가라앉히지 못하고 씩씩거린다)

그치만 아빠가 정치가라면 그런 사람이랑 같이 여행도 가고, 또 비행기에서 나란히 앉아 있어야 할지도 몰라요.

아빠 (고집스럽게) 난 다른 자리에 앉을 거야!

아들 그럼 다른 사람들이 아빠가 그 사람이랑 싸웠다는 걸 금방 눈치챌 텐데요?

아빠 그러라면 그러라지!

아들 그럼 두 사람이 더이상 같이 일하기 싫어한다고 생각할 텐데요.

아빠 제발 그만 좀 하자. 도대체 넌 왜 너랑 상관도 없는 정치가들 싸움에 복잡하게 머릴 굴리는 거니? 도무지 이해가 안 되는구나. 정치가들은 나라를 책임지는 사람들이야. 그러니 자신을 적당히 누르고 다른 사람들과 타협할 줄도 알아야 해, 알겠니? 끝!

아들 내 생각엔 용기가 있느냐 없느냐의 문제인 것 같은데요?

아빠 (지쳐서) 그래 그래. 제발 좀 그만 하자.

아들 그리고, 욕하는 사람들은 마음이 약한 거라고 아빠가 그랬죠?

아빠 그런 것 같구나.

아들 그치만 그런 사람들도 책임 의식은 있겠죠?

아빠 그래. 그리고 아마 그런 사람들도 조심스러운 상황에서는
—물론 비정치적인 상황이겠지만—자신을 더 잘 억제할
수 있을 거다.

아들 그렇게 갑자기요?

아빠 갑자기라니, 뭐가?

아들 평소에 참는 연습을 안 했을 거 아니에요.

에너지 낭비

아들   아빠, 찰리가 그러는데요, 걔네 아빠가 요즘 사람들이 에너지를 낭비하는 걸 보면 정말 한심하다고 그랬대요!

아빠   그래, 맞는 말이다. 저기 좀 봐라, 현관 불을 저렇게 훤히 켜놓다니. 아직 별로 어둡지도 않은데.

아들   난 몰랐어요.

아빠   아빤 아까부터 봤단다.

아들   그럼 왜 안 껐어요?

아빠   왜냐하면, 내가 안 켰으니까! 너나 네 엄마가 켜놓은 불을 일일이 따라다니면서 *끄다가는* 아마 오 분도 편히 쉴 틈이 없을 게다!

아들 흠, 그치만 그건 에너지 낭비는 아닌 것 같은데요.

아빠 뭐?

아들 아빠가 자주 자리에서 일어나는 거요. 아빤 늘 운동 부족인
것 같다고 했잖아요.

아빠 운동이 필요한 건 사실이지만 무슨 운동을 할지는 내가 직
접 결정할 수 있게 좀 내버려둘 수 없니? 차라리 한 시간 정
도 산책이나 한다면 모를까!

아들 아빠 말이 맞아요. 우리집엔 기네스 북에 나올 만큼 전등이
많은 것도 아니니까 운동하려면 산책을 하는 게 낫겠네요.

아빠 그래? 그 정도로 많진 않단 말이지? 하지만 역사책 정도엔
나올 만도 하지 않니? 자기 아들 질문에 제일 많이 대답해
준 아빠로 말이다!

아들 그치만 그건 낭비는 아니잖아요. 난 아빠랑 얘기하면서 많
은 걸 배우는걸요!

아빠 그 말을 들으니 좀 위로가 되는구나.

아들 그리고 아빠도 많은 걸 배울 테구요!

아빠 글쎄다, 난 잘 모르겠는걸……

아들 아뇨, 그럴걸요. 내 얘기가 아빨 항상 생각하게 만들잖아
요. 아빠, 아빠 왜 사람들이 그깟 기록 하나 때문에 온갖 해

괴한 것들을 다 하는지 생각해본 적 있어요?

아빠   아니, 없다. 그렇지만 굳이 알고……

아들   어떤 사람은요, 육백 시간 동안이나 뾰족한 침 위에 앉아

있었대요!

아빠   그것말고는 다른 할 일이 없는 사람인가보지.

아들   그치만 찰리가 그러는데, 걔네 아빠가 세상에는 에너지를

쏟아야 할 더 중요한 일들이 많다고 했대요.

아빠   하지만 그 사람한테는 뾰족한 침 위에 앉아 있는 것보다 더

중요한 일이 없었나보지. 머리보다 엉덩이를 쓰는 게 더 편

한 사람들도 있을 테니까.

아들   그치만 침 위에 앉아 있는 건 좀 너무하잖아요.

아빠   하루 종일 목욕탕 안에 앉아 있는 사람들도 있다던걸.

아들   우리나라에 마을 사람 모두가 어떤 기록에 도전하고 있는

곳이 있대요. 근데 그게 어떤 기록인지 아세요?

아빠   아니!

아들   맥주 상자 쌓기요. 근데 세계 기록을 깨려면 십삼 미터 이

상을 쌓아야 한대요!

아빠   자기들 마음이지 뭐! 그래도 나쁜 짓 하고 다른 사람들한테

피해주는 것보단 낫잖니.

아들　무슨 나쁜 짓이요?

아빠　예를 들면, 신분을 속이고 사람들을 이용하는 사기꾼들 말이다. 자기가 돈이 많거나 아니면 아주 대단한 사람인 것처럼 행세하고 다니면서 사람들을 속이는……

아들　그러니까 아빠 말은, 만약 기네스 북 도전자들이 기록 때문에 그런 괴상한 짓을 안 한다면 그 대신 사기꾼이 됐을 거란 뜻인가요?

아빠　꼭 그런 뜻은 아니었어. 어쨌든 그 기록 도전자들도 자신의 넘쳐나는 힘과 에너지를 어디에 쏟아야 할지 모르는 건 분명한 것 같구나. 자기 집 대문을 나서자마자 술집에 가서 난동이나 부리고……

아들　왜 아빠 그 사람들이 나쁜 짓을 할 거라고 생각하세요? 그 바늘 아줌마는 아주 착해 보이던데.

아빠　바늘 아줌마라니?

아들　그것도 한 종목인데요, 한 시간 안에 바느질을 얼마나 빨리, 많이 하는가에 따라 기록이 결정되는 거예요.

아빠　그 여자도 어지간히 할 일이 없었나보구나.

아들　그 아줌마한테 그것보다 더 좋은 생각을 알려줄 수 있으면 좋을 텐데. 고아원 아이들을 위해 스웨터를 짠다든지……

아빠   그거 좋은 생각 같구나……

아들   ……그리고 그 상자 쌓기 하는 사람들이나 소똥 던지기 하
는 사람들한테는……

아빠   ……뭘 던진다고?!

아들   소똥 던지기요. 지금까지 최고 기록은 칠십 미터래요.

아빠   도저히 믿을 수가 없구나, 그런 것까지 하다니. 뭐 그래도
돌 던지기보단 낫구나.

아들   아빠 또 그 사람들이 그거 아니면 분명 나쁜 짓이나 하고
돌아다녔을 거라고 생각하는 거죠?!

아빠   (큰 소리로 웃으며) 그럴 수밖에 없을 것 같은데? 소똥 던
지기라니!

아들   그치만 이건 아주 심각한 일이에요. 찰리 아빠가 그러는데,
그런 일 하는 에너지로 숲을 조사한다거나……

아빠   ……산을 옮기거나 사막에 물을 나르면 어떻겠냐구? 찰리
아빠는 아주 중요한 사실 하나를 잊고 있는 거야! 그런 사
람들은 특이한 행동을 해서 다른 사람들 눈에 띄고 싶은 거
야. 사람들의 눈길을 끌고 싶은 거라구!

아들   찰리 아빠도 그건 알고 있어요. 그 원인에 대해서도 벌써
생각해본걸요.

아빠　아, 그러냐? 그리고 그 답도 물론 알아냈을 테지……

아들　그건 아마 그 사람들의 부모님 때문일 거래요.

아빠　부모님 때문이라고?! 그 사람들은 어릴 때 부모들이 하루
종일 침 위에 앉아 있거나 소똥 던지기를 하는 것만 보고
자랐다더냐?

아들　그게 아니에요. 그 사람들은 어렸을 때 부모님한테서 "넌
아무짝에도 쓸모 없어, 공부도 못 하는 게……" 뭐 그런 말
만 듣고 자랐기 때문일 거래요.

아빠　아주 지당하신 말씀이군! 그러니까 부모한테 야단 몇 번 맞
았다고 그 길로 공부 대신 기네스 북에 도전하겠다고 결심
한단 말이지? 그리고 그 결심을 실천하려고 일 주일 내내
벌거벗고 얼음 위에 누워서 버틴단 말이냐? 세상에, 그런
말도 안 되는 소리가 어디 있니!

아들　아빠, 비약이 너무 심해요. 찰리 아빤, 아이한테 늘 야단만
치고 칭찬을 안 해주면……

아빠　……보통 아이들은 좀더 열심히 해서 더 잘하려고 노력하
게 마련이야! 그게 정상이라구!

아들　흠, 아빤 가끔 사람들이 왜 바보 같은 짓에 죽어라 매달린
다고 생각하세요?

아빠   그건 모르겠구나. 그리고 솔직히 굳이 알고 싶지도 않고!

아들   그치만 찰리 아빠는, 지금은 중요한 일을 위해 사람들 하나 하나의 작은 힘까지 모아야 할 때라고 하던데요!

아빠   그렇다 하더라도 다른 사람들에게 어떤 일을 해야 한다고 명령할 수 있는 사람은 없어. 그러니까 그 사람들이 뭘 하든 제발 그냥 내버려두자꾸나!

아들   내가 뭘 어쨌다구요. 난 그냥…… 찰리 아빤 그런 현상이 기네스 북에 중독된 사람들한테서 제일 잘 나타난대요. 그치만 사실은 누구나 그런 부분이 조금씩은……

아빠   맙소사, 내 그럴 줄 알았다니까! 난 또 아무도 모르는 줄 알았지, 내가 일 주일 내내 철봉에 매달려서 연습하는 거……

아들   그거말고, 아빠 이번 주 내내 차를 닦고 또 닦고 했잖아요!

아빠   그게 뭐 어쨌다구?! 그거야말로 찰리 아빠가 사람들한테 권하고 싶은 거 아니었냐? 유용한 일에 에너지를 쓰라는?!

아들   그치만 아빠가 한 건 에너지 낭비였어요. 차 닦는다고 반상회에도 안 갔잖아요……

아빠   그래, 안 갔다. 반상회에 가서 금쪽 같은 시간을 쓸데없는 토론에 낭비하는 건 네 엄마 하나로도 충분해! 아빠가 왜 그렇게 차를 소중하게 다루는 것 같니? 그걸로 기네스 북에 올라가려고?

아들   아뇨, 그치만 아마……

아빠   아마 뭐?

아들   아마 우리 동네 최고 기록 정도는 깰 수 있을 거예요.

아빠   동네 최고?

아들   네. 아빠 우리 차가 우리 동네에서 제일 깨끗해 보이길 바
       라는 거잖아요.

피해자

아들   아빠, 찰리가 그러는데요, 걔네 아빠가 진짜 피해자가 누구

　　　인지 알고 싶다고 했대요!

아빠   그래, 나도 알고 싶구나……

아들   왜요?

아빠   그게 나일지도 모르잖니?

아들   그럴 수도 있겠네요. 어쨌든 그 일에 대해서 떠들어대는 사

　　　람은 절대로 아니에요!

아빠   무슨 일 말이냐?

아들   당한 일에 대해서요! 텔레비전 보면 늘 나오잖아요. 정치가

　　　가 최대한 슬픈 표정을 지으려고 애쓰면서……

아빠 ……슬픈 표정을 지으려고 '애쓴다'구? 또 그런 억지 소리! 정치인이 비극적인 일에 대해 자신의 입장을 밝힐 땐 애도하는 마음이 얼굴에 나타나게 마련이야! 그건 연기가 아니라구. 적어도 대부분의 정치인들은……

아들 어쨌든 그 사람들이 자기도 피해자라고 말하는 건 정말 말이 안 돼요. 어떨 때는 정말로 충격이 심했다고까지 하잖아요!

아빠 그 사람이 그랬다면 그런 거야. 정치가들이라고 그런 일에 충격받지 않겠니?

아들 그치만 만약 어떤 공장에서 유독 물질이 나와서 많은 사람들이 병에 걸렸다고 해봐요. 그럼 피해를 당한 건 그 사람들이지 정치가가 아니잖아요.

아빠 꼭 그 일을 직접 당해야만 충격을 받는 건 아니야.

아들 아, 그렇군요. (조금 있다가) 그럼 정치가들은 충격만 받은 거겠네요?

아빠 경우에 따라서는 개인적으로 피해를 입을 수도 있지.

아들 언제요?

아빠 글쎄…… 그 사람이 책임지고 있는 분야에 심각한 문제가 생겼을 때도 그렇지. 그땐 그 정치가가 그 일의 직접적인 피해자가 되는 거야.

아들   문제가 생긴 게 너무 창피해서요?

아빠   창피하다니! 그게 아니라, 그 문제가 다른 영향을 미칠 수
도 있기 때문이야.

아들   어떤 다른 영향이요?

아빠   경우에 따라서는 퇴임해야 할 수도 있으니까.

아들   정말 그렇게 하나요?

아빠   어쩔 수 없을 땐 그런 경우도 있어.

아들   어떤 문제일 때요? 어떤 문제가 생겼을 때 정치가가 어쩔
수 없이 퇴임을 해요?

아빠   맙소사, 너 혹시 누구하고 내기라도 했니? 바보 같은 질문
하나씩 할 때마다 천원씩 받기로?

아들   우와, 그거 좋은 생각이네요! 아빠, 그럼 영리한 질문 하나
에 이천원씩은 어때요?

아빠   그래 좋아. 그 대신 내 대답은 한 번에 오천원씩이야. 어때?
그래도 계속 할래?

아들   됐어요. 그래서 정치가들은 언제 자기 자리에서 물러나냐
구요?

아빠   벌써 말했잖아. 자기가 책임지고 있는 분야에 심각한 일이

발생하면 퇴임한다고! 아주 심각한 일이 생기면!

아들 뇌물 같은 거요?

아빠 아까 네가 말한 환경오염 문제도 그런 일 중의 하나야. 만약 그런 일이 진짜 발생했는데, 책임자가 그런 일이 생길 줄 알면서도 아무 대책도 안 세우고 있었다면, 그 사람은 당장 물러나야지.

아들 그럼 그 사람은 실직자가 되는 거예요? 돈도 못 받구요?

아빠 퇴임을 한다고 해서 돈을 못 받는 건 아니야. 오랜 경력이 있는 그 사람들은 퇴임 후에 다른 분야에서 일을 할 수 있도록 제의를 받는 경우가 많아.

아들 그럼 뭐 피해를 입은 것도 아니네요!

아빠 그것 때문에 관직을 잃었잖아!

아들 그치만 다른 일자리를 얻는다면서요? 그리고 그 유독 물질 때문에 병에 걸린 것도 아니잖아요. 그럼 그 피해를 직접 보상하나요? 아픈 사람들 전부한테요?

아빠 그건 아니야! 자기가 일을…… 자기 과실이 아닌 이유로 발생한 피해에 대해 개인적으로 책임을 질 의무는 없어.

아들 그러니까 피해를 입은 게 아니잖아요.

아빠 계속 같은 자리만 빙빙 돌거니? 네 그 버릇은 정말 못 참겠구나!

아들　의자에 가만히 앉아 있었잖아요!

아빠　그것도 오래 못 갈걸?! 내 장담하지……

　　　(잠시 침묵. 아들, 작은 소리로 투덜거린다)

아들　연방의회에서는 별의별 얘기가 다 나온대요.

아빠　거기에 대해선 난 별로 할말이 없구나.

아들　찰리 아빠 말로는 군대 문제도 나올 때가 있대요. 군대에 얼마나 오래 있어야 하는지 뭐 그런 것들이요.

아빠　군복무 기간에 대해 논의할 때도 물론 있겠지.

아들　그리고 군복무 대신 의무교육 기간을 좀 줄인다든지 아니면 여자도 군대에 가야 한다든지……

아빠　그래서 어쨌다구?

아들　그치만 그런 얘길 하는 정치가들이 사실은 대부분 군대에 안 갔다온 경우가 많대요!

아빠　그럴 수도 있겠지……

아들　그럼 자기들은 그게 어떤 건지도 모르잖아요!

아빠　그건 중요하지 않아!

아들　찰리가 그러는데, 걔네 아빠가 그건 교황이 아기 낳는 문제에 대해 얘기하는 거랑 똑같다고 했대요!

아빠 그건 제대로 된 비교가 아니야. 그리고 아빠 더이상 그 문제에 대해 얘기하고 싶지 않구나!

아들 정치가들은 그 바구니하고도 아무 상관도 없어요.

아빠 바구니라니, 무슨 바구니 말이냐?

아들 어려운 사람들한테 나눠주는 바구니 있잖아요. 음식이랑 치약, 50퍼센트 극장 할인권 같은 거 들어 있는……

아빠 아, 생활 보호 대상자를 위한 '생활용품 바구니' 말이구나.

아들 네, 그거요. 찰리 아빠는 그 안에 무슨 물건을 넣을지, 한 번이라도 그런 생활을 해본 사람들한테 먼저 물어봐야 한대요.

아빠 그것 참 재미있는 생각이로구나! 그러다보면 그 바구니는 아마…… 어떤 회사 사장의 50주년 생일 선물 바구니처럼 돼버릴걸!

아들 어쨌든 지금은 너무 형편없대요. 그 바구니요.

아빠 그 정도면 충분해! 그 정도라도 우리 정부로선 할 만큼 한 거야.

아들 찰리 아빠 사실은 정부의 능력이 그것보다는 많다고 하던걸요.

아빠 그건 상대적인 거야.

아들 하지만 퇴임한 정치가들이나 명예 제대한 장교들은 다 먹
     여 살리고 있잖아요

아빠 그건 정부가 당연히 해야 할 의무지. 그리고 그 숫자도 그
     렇게 많지 않고! 하지만 생활 보호 대상자들은 그 숫자가
     엄청난데다가 해마다 점점 늘어나고 있어! 그게 모두 국고
     에서 나가는걸!

아들 (조금 있다가) 그럼 정부는요?

아빠 정부가 뭐, 어쨌다는 거냐?

아들 그러니까, 생활 대상자 때문에요……

아빠 생활 보호 대상자야.

아들 정부는 그럼 생활 보호 대상자들 때문에 충격을 안 받나요?

칭찬이냐 꾸지람이냐, 그것이 문제로다

아들　아빠, 찰리가 그러는데요, 걔네 아빠가 그 사람들이 우리한
테 야단만 치는 건 안 된다고 했대요!

아빠　그 사람들이 또 누구냐?

아들　선생님들이요.

아빠　오호라, 또 어떤 선생님이 자기 아들을 너무 심하게 다뤘나
보지?

아들　찰리요?

아빠　그래, 그게 아니라면 다른 아이들 일이야 자기가 걱정할 바
는 아니잖니.

아들　아니에요! 찰리 아빠는 모든 일을 늘 자기 일처럼 생각해요!

아빠   그건 나도 익히 잘 아는 얘기 같구나. 찰리 아빠처럼 그렇게 자기랑 아무 상관 없는 일에 일일이 간섭하는 사람은 본 적이 없으니까.

아들   선생님들이 애들을 너무 많이 혼내는 게 왜 찰리 아빠랑 상관이 없다는 거예요?

아빠   왜냐하면, 찰리 아빠 학교에서의 일과에 대해 아무것도 모르니까. 그리고 너한테 한 가지 일러둬야겠구나. 야단맞을 짓은 아예 처음부터 하지 않아야 하는 거야. 그럼 선생님에게 야단맞을 일도 없을 테니까!

아들   말이야 쉽죠! 아빠 어릴 때 실수한 적 한 번도 없어요?

아빠   최소한 잘하려고 늘 노력했지.

아들   그래도 실수하면요?

아빠   그럼 운이 없었다고 생각하는 수밖에.

아들   그럼 아빠도 선생님한테 혼났어요?

아빠   물론 칭찬받진 않았겠지.

아들   왜요? 왜 칭찬받지 않았어요?

아빠   왜라니! 지금 뭔가 잘못했을 때를 이야기하고 있잖아. 그런데도 선생님이 날 칭찬해야 하는 거냐?

아들   아빠 그래도 노력했잖아요!

아빠 그거야 선생님이 알 수가 없지. 노력을 했는데도 잘 안 된
건지, 아예 노력을 안 해서 그런 건지 선생님이 어떻게 알
겠니!

아들 알 수도 있죠.

아빠 어떻게 말이냐?

아들 그냥 보이니까요. 얼마 전에 선생님이 숙제로 그림을 그려
오라고 했는데요, 수영장에 대해서.

아빠 그런데?

아들 그래서 사비네는 일요일 내내 그림만 그렸대요. 얼마나 잘
그렸는지 몰라요. 수영장에서 노는 사람, 다이빙하는 사람,
잠수하는 사람…… 정말정말 노력을 많이 했대요.

아빠 그래, 장하구나. 선생님도 아주 기뻐하셨겠구나.

아들 아빠도 그렇게 생각하죠? 그런데 헤르베르거 선생님은 그
냥 한번 쓱 보고는 사비네한테 "넌 관찰력이 나쁘구나" 하
셨어요. 수영장 물은 소독약 때문에 초록색인데 사비네가
파란색으로 칠했다구요!

아빠 틀린 말은 아니지.

아들 그치만 중요한 건 그게 아니잖아요! 정말 잘 그린 그림이었
다구요! 어떻게 선생님이 그걸 못 볼 수가 있죠?!

아빠   선생님이 보시는 관점이 좀 달랐나보지. 그것도 인정해야

하는 거야.

아들   사비네가 다시는 그림을 안 그릴 거라고 했는데두요?!

아빠   그건 어리석은 생각이야! 사비네가 그림을 그린 게 선생님

을 위한 건 아니었잖니!

아들   그럼 누굴 위해선데요?

아빠   당연히 자기 자신을 위해서지!

아들   자기 자신을 위해서였다면 사비네는 그렇게 열심히 그리지

는 않았을 거예요! 사비네는 원래 수영장을 싫어한다구요.

수영 시간만 되면 속이 울렁거린다는걸요!

아빠   그런 걸 선생님이 어떻게 아셨겠니?

아들   아뇨, 다 알아요. 수영 시간도 그 선생님 담당인걸요. 그래

서 숙제도 그런 걸 내준 거구요!

아빠   저기 있잖니, 아빠 사비네의 수영장 그림 이야기가 이제 별

로 재미없는데……

아들   찰리 아빠 안 그랬는데…… 찰리 아빠 헤르베르거 선생님

이 사비네를 칭찬해줬어야 한다고 했어요. 노력에 대한 대

가로.

아빠   애야, 학교가 아이들을 공주병이나 왕자병 환자로 키우는

곳도 아니고, 또 그렇게 키워서도 안 되는 거야. 애들이 어떤 일을 제대로 못 할 때는 무조건 칭찬만 할 게 아니라 어디가 어떻게 부족한지 가르쳐주고 고쳐줘야 하는 거라구.

아들 그치만 찰리 아빠 애들은 칭찬을 받으면 훨씬 더 잘하게 된다고 하던걸요! 항상 야단만 맞는 애들은 아무것도 못 한대요. 찰리 아빠가 직접 다 시험해본 거래요!

아빠 '시험해' 봤다구? 찰리 아빠 대학을 다닌 것도 아니잖니.

아들 꼭 대학을 졸업해야 하는 거예요?

아빠 뭐가?

아들 칭찬하는 데도 대학을 졸업해야 하냐구요!

아빠 제발 바보 같은 소리 좀 하지 않을 수 없니?

아들 전 그냥…… 안 그러면 칭찬할 줄 아는 사람이 왜 그렇게 적은 거예요?

아빠 칭찬하는 건, 능력의 문제가 아니라 계기의 문제야!

아들 어떤 계기요?

아빠 칭찬할 만한 이유가 있어야 할 거 아니냐. 그런 걸 계기라고 하는 거야.

아들 그럼 케이크도 계기가 될 수 있어요?

아빠 될 수도 있지, 그럼!

아들 그치만 아빠 일요일에 엄마한테 칭찬 안 했잖아요!

아빠 그건 또 갑자기 무슨 소리냐? 우리 지금 학교에 대해서 얘기하고 있는 거 아니었니?

아들 우린 칭찬과 꾸지람에 대해서 얘기하고 있는 거예요. 찰리 아빠가 그러는데, 사람들은 다른 사람을 칭찬하면 자존심에 큰 금이라도 가는 줄 안대요! 혼내는 거나 비난하는 건 잘하면서!

아빠 찰리 아빠한테 전하렴! 이 아빠가 앞으로 우리집 일에는 간섭하지 않았으면 좋겠다고 했다고!

아들 찰리 아빠 그런 적도 없는걸요. 난 지금 엄마가 정말 맛있게 케이크를 구웠는데도 아빠가 그때 아무 말도 안 했다는 얘길 하고 있는 거예요!

아빠 내가 왜 그랬을까?

아들 그야 나도 모르죠……

아빠 어쨌든 케이크를 맛있게 먹었잖아, 그렇지? 그럼 분명 무슨 말을 하긴 했을 텐데……

아들 네, 하긴 했죠. 커피가 너무 싱겁다구요.

아빠 하지만 그날 커피는 정말 좀 싱거웠어.

아들 커피가 항상 싱거웠던 건 아니잖아요?!

아빠   물론 아니지. 보통때 네 엄마 커피 끓이는 솜씨는 정말 일
     품이지!

아들   그런 말도 엄마한테 한 번도 한 적 없는데……

아빠   그런 일을 제대로 하는 건 당연한 일이야! 그걸 잘 못하면
     그게 더 이상한 거지.

아들   그럼 야단을 맞아야 하는 거예요?

아빠   야단 맞아야 한다고는 안 했어! 네 마음대로 그렇게 해석하
     지 마!

아들   마음대로 해석한 거 아니에요. 그치만 일요일엔 정말 엄말
     야단치는 것처럼 들렸어요

아빠   네가 그렇게 객관적인 평가와 혼내는 것도 구별할 줄 모른
     다면 앞으로 살아가는 데 어려움이 많을 거다!

아들   찰리 아빠, 칭찬을 많이 받을수록 더 많이 발전할 수 있다
     고 하던걸요. 칭찬을 받으면 기억에 더 잘 남으니까요.

아빠   그 말에 대해서는 좀 다른 의견도 있을 것 같구나. 어쨌든
     내 경험으로는 꾸지람이나 벌이 훨씬 오래 가는 것 같던걸.
     문제가 생기는 걸 좋아하는 사람이 어디 있겠니?

아들   어차피 문제는 있게 마련인걸요. 그건 어쩔 수 없는 일이에
     요. 아빠도 늘 그렇게 말하면서……

아빠   그건 좀 다른 문제야.

아들   어쨌든……찰리랑 같이 생각해봤는데요. 어떤 사람이 실
     수를 하면 당장 비난이 쏟아지고……

아빠   지적을 받거나 야단을 맞고!

아들   내가 말할 때 끼어들지 좀 마세요! 아빠 때문에 다시 말해
     야 하잖아요! (아빠, 한숨을 내쉰다) 사람들은 누가 실수를
     하면 곧장 비난하면서 잘할 땐 당연하게 생각하잖아요.

아빠   그래서? 잘하는 게 당연한 거고 그렇지 않은 게 예외적인
     거니까 그렇지. 안 그러면 이 세상이 어떻게 되겠니?

아들   그럼 칭찬은 언제 받구요?!

시와 진실

아들   아빠, 찰리가 그러는데요, 걔네 누나가 시가 시대에 뒤떨어진다고 했대요!

아빠   시라니, 어떤 시들 말이냐?

아들   요즘 학교에서 배우는 시들 다요. 교육부에서 아이들에게 시를 더 많이 가르치라고 했대요.

아빠   문학의 가치를 다시 인식하게 됐다니 잘된 일인 것 같구나. 머릿속에 담아둔 시들은 삶을 풍요롭게 만들지.

아들   왜요?

아빠   왜긴! 언제 어디서건 기회가 있을 땐 그 자리에서 암송할 수 있으니까.

아들 보고 싶으면 책을 꺼내서 보면 되잖아요?

아빠 그때그때 분위기에 맞는 시집을 항상 옆구리에 끼고 다닐 수 없잖아! 그게 바로 중요한 거야. 일단 한번 외운 건 아무도 빼앗아갈 수 없으니까.

아들 그치만 그 내용은 아니에요.

아빠 그게 무슨 뜻이냐?

아들 그 내용은 빼앗아갈 수 있다구요.

아빠 아니라니까, 아빠가 방금 설명했잖아!

아들 그럴 수 있다니까요! 벌써 그랬단 말예요!

아빠 누가 뭘 했는데?

아들 정치가들이요, 정치가들 때문에 시가 모두 거짓말이 되어 버렸다구요.

아빠 뭐라구?

아들 ……그래서 찰리 누나는 더이상 맞지도 않는 시를 머릿속에 입력하기 싫대요!

아빠 좀더 분명하게 얘기할 수 없겠니, 이 아빠가 알아들을 수 있도록, 응?

아들 시를 보면 항상 이렇게 씌어 있잖아요, '아름다운 초원이여' '출렁이는 숲이여' …… 근데 현실은……

아빠 ……시와 현실을 비교하는 건 올바른 태도가 아니야! 시가 아름다운 건 꼭 그 내용 때문이 아니라 형식 때문이기도 하니까. 그러니까, 무엇에 대해서 노래하는가가 아니라 어떻게 노래하는가 하는 게 더 중요한 거야. 시가 보고서와 다른 건 바로 그래서라구, 알겠니?

아들 그치만 내용이 자꾸 생각나는 걸 어떡해요? 찰리 누난 '수정처럼 맑은 강물'이라는 구절을 읽다가 지난여름에 놀러 갔던 바다가 떠올랐대요. 기름 덩어리가 둥둥 떠다니던……

아빠 물론 그렇게 극단적인 경우도 없지는 않겠지만……

아들 또 있어요. '아름다운 초원' 하면 운하가 떠오른대요. 그걸 만드느라 주변의 넓은 초원들이 다 망가졌다구요.

아빠 그게 혹시 라인 강, 마인 강, 도나우 강을 연결한 그 운하 애기라면…… 그건 어쩔 수 없는 일이었어. 일이 시작된 이상 중간에서 그만둘 순 없으니까. 그것도 그거지만 찰리 누나한테 꼭 전해라, 이 세상엔 아직 인간의 손길이 닿지 않은 순수한 자연이 많이 남아 있다고.

아들 그게 어딘데요?

아빠 사막 지대에 가면 오아시스도 있고, 그리고 뭐, 굳이 먼 곳에서 찾을 필요가 뭐 있냐, 우리집 정원만 해도 훌륭한 자연 아니니?

아들 우리집 정원이 '인간의 손길이 닿지 않은 순수한 자연'이라구요? 거긴 엄마 아빠가 아침저녁으로 손질하잖아요.

아빠 식물에 따라서는 그냥 자라게 내버려두기도 해.

아들 그치만 베버 선생님이 읽어준 시…… 뭐라더라? '자연이여, 이 얼마나 황홀한 광경이란 말인가!' 그런 시를 들으면서 자기 집 정원을 떠올리는 사람은 아무도 없을걸요.

아빠 그거야 그렇겠지!

아들 그리고 또 '온 세상을 휘감는 달콤한 향기여' 뭐 어쩌구 하는 시도 있는데 그걸……

아빠 ……잠깐, 그게 아니야. 그렇게 시작하는 게 아니라구. 어디 보자…… 그렇지! '봄은 다시 푸르디푸른 리본을 바람결에 휘날리는구나. 달콤한, 그 익숙한 내음이 아스라이 대지를 감싸네.' 뫼리케의 시지! 아직 잊어버리지 않았구나.

아들 찰리 누나는 '냄새'란 말을 들으면 항상 이상한 냄새를 내뿜는 공장들이 떠오른대요.

아빠 찰리 누난 정서가 메말라서 그런 거야. 네가 처음 말을 꺼낼 때부터 그런 느낌이 들더니만!

아들 그치만 베버 선생님도 갑자기 책을 덮더니 더이상 못 읽겠다고 한걸요.

아빠 너희들이 너무 떠들거나 버릇없이 군 건 아니고?

아들 아뇨, 그게 아니라 모두들 깔깔대고 웃었거든요.

아빠 뭐라고?

아들 선생님이 읽어준 시 때문에요. 거기 뭐라고 씌어 있었냐 하면…… 그러니까…… 맞다, 생각났어요. '세상은 날이 갈수록 더욱 아름다워지기만 하네. 아 나는 몰라, 이 아름다움의 끝이 어딘지……'

아빠 '몰라'가 아니라 '모르겠네'! 운을 맞춰야지. 그게 울란트 시의 매력인데!

아들 그리고 또 '변화' 어쩌고 하는 말이 나오는데 그때 애들이 모두 참고 있던 웃음을 터뜨린 거예요!

아빠 그 시의 맨 마지막 구절 말이냐? '이제 모든 것, 그 모든 것이 달라져야만 하네'?

아들 네, 바로 그거예요.

아빠 너희 반 애들이 하나같이 그렇게 어리고 철딱서니가 없으니. 그런 애들한테야 시를 가르쳐줘봤자 아무 소용이 없겠지.

아들 우리가 철이 없다구요? 우린 주의력이 뛰어난 거예요!

아빠 주의력이라구?! 그건 주제넘은 행동이야!

아들 그치만 우리도 우리가 아는 걸 말할 권리가 있잖아요!

아빠 좋아, 그래 대체 너희들이 안다는 게 뭐냐?

아들 어쨌든 시들 중에서 농부가 즐겁게 자기 밭을 쿡쿡 쑤시
고……

아빠 또 그런 상스러운 말을……

아들 ……그 시를 듣고 올라프가 선생님께 요즘 시골의 땅이 너
무 오염돼서 농부들이 어떻게 해야 할지 몰라 절망에 빠져
있다고 했어요.

아빠 베버 선생님은 애들이 수업 도중에 아무 소리나 다 하도록
가만히 내버려두시는 거냐?

아들 아무 소리나 한 게 아니라 수업 내용에 관해서 얘기한 거잖
아요.

아빠 그래 그래, 알았다. 앞으로는 지금처럼 그렇게 너희들의 반
감을 부추기지 않는 시를 골라야겠구나! 사실 그런 것말고
너희들 마음에 들 만한 시도 수없이 많거든, 잘 찾아보면
말이다. 발라드라든가……

아들 발라드요?

아빠　그래. 발라드는 긴 이야기 형식의 시를 말하는 거야. 예를 들어, 가만, 아직 기억이 나려나?…… '먼 옛날 투레란 곳에 왕이 살고 있었네. 그는 죽는 순간까지 나라에 충성했네. 그에게 죽음이 찾아온 순간……' 정확하진 않지만 대강 그런 식으로 이어지는 시야.

아들　베버 선생님이 다음 시간엔 아주 이상한 이름을 가진 시인의 시를 읽어준댔어요, 뭐라더라…… 핑엘마츠라던가?

아빠　(포기했다는 듯 한숨을 쉬며) 링엘나츠다.

아들　아, 맞다. 암튼 그 사람 시를 읽어주겠대요.

아빠　그래, 아예 안 배우는 것보단 낫지. 하지만 네 또래 애들이나 또 찰리 누나도 마찬가지다만 시를 듣고도 아무 감흥을 못 느낀다는 건 정말 비극적인 일이야!

아들　우리도 느껴요! 찰리 누나도 시를 좋아하고 또 더 많은 시를 배우고 싶대요. 특히 '오 머나먼 계곡이여, 오 머나먼 산꼭대기여, 오 아름다운 푸른 숲이여', 뭐 그렇게 시작하는 시를 좋아한대요.

아빠　아하, 갑자기 마음이 변했단 말이지?

아들　그치만 그런 시를 암송할 때 듣는 사람들이 엉엉 울지 않는 시대가 오면 그렇게 하겠대요!

시간의 계명

아들   아빠, 찰리가 그러는데요, 걔네 아빠가 교육 문제를 좀 많이 생각해봐야 한다고 했대요!

아빠   (느긋하게) 그래, 맞아! 하지만 안타깝게도 생각만 많이 한다고 다 잘되는 건 아니란다. 거기엔 오랜 경험이 필요해!

아들   경험을 하면 어떻게 되는데요?

아빠   그러면 어떤 시도가 효과적이었는지, 또 어떤 시도가 별로 효과적이지 못했는지 다 알게 되거든. 예를 들어 네가 이렇게 끈질기게 네 생각을 나한테 주입시키려고 하는 걸 미리 알았더라면 너한테 그렇게 일찍 말하는 걸 가르치지는 않았을 거야. 아빠 지금 그게 무척 후회되는구나!

아들 말은 어차피 배웠을 텐데요, 뭐!

아빠 그야 그렇겠지. 하지만 적어도 이삼 년은 더 늦출 수 있었을 거 아니냐. 그랬더라면 지금 이 신문도 아무 방해 없이 끝까지 읽을 수 있었을 테고!

아들 내가 아빨 방해한 건 오히려 잘한 일이에요! 그래서 아빠도 중단하는 연습을 할 수 있잖아요!

아빠 그건 또 무슨 소리냐! 무슨 일을 중단하고 안 하고는 내 맘이야!

아들 그치만 찰리 아빠가 그러는데, 사람들은 대부분 그걸 잘 못한대요. 그리고 그건 다 부모님들이 애들을 잘못 가르쳤기 때문이래요.

아빠 대부분의 사람들이 뭘 잘 못한다고?

아들 중단하는 거요! 부모님들이 항상 '어떤 일을 시작하면 반드시 끝내야 한다' 고 가르치니까요.

아빠 그래, 그렇게들 말하지. 그래도 아직 부족해!

아들 왜요?

아빠 요즘 애들은 도무지 끈기라는 게 없거든! 공부건 직장 생활이건 우정이건, 심지어 결혼까지 시작만 해놓고 생각처럼 잘 안 된다 싶으면 당장 그만둬버리잖니!

아들　그게 일이 잘 안 돼서 그만두는 건지 어떻게 알아요?

아빠　그렇지 않으면 그만둘 이유가 없잖아!

아들　처음부터 시작한 게 잘못이었다는 걸 깨달았을 수도 있잖아요.

아빠　뭐가 잘못이고 뭐가 옳은지는 일을 벌이기 전에 충분히 생각했어야지! 그리고 일단 하기로 결심했으면 끝까지 밀고 나가는 거야!

아들　그치만 내가 작년에 찰리랑 숲에서 캠핑하려고 나갔다가 포기하고 그냥 집으로 돌아왔을 땐 아빠도 좋아했잖아요.

아빠　그건 처음부터 너무나 무모한 계획이었어! 그때 숲에서 무슨 일이라도 있었으면 어쩔 뻔했냐?

아들　그래서 그냥 돌아왔잖아요.

아빠　그건 백 번 천 번 잘한 일이었어.

아들　찰리 아빠 그때 찰리를 야단친 게 지금까지 마음에 걸린대요. 야단을 칠 게 아니라 칭찬을 했어야 하는 건데 잘못했다구요!

아빠　뭐? 그럼 나도 널 칭찬했어야 한다는 거냐, 응? 네가 어떤 끔찍한 일을 당할지도 모르는 무모한 짓을 할 뻔했는데?

아들　왜냐하면, 애들은 혼난 것보다 칭찬받은 일을 더 잘 기억하거든요.

아빠 너 지금 소설 쓰니? 그때 학교에서 벌을 받지 않은 것만으
로도 다행으로 생각해. 그러고도 충분히 남을 짓이었으니
까!

아들 거기다가 벌까지 받으면, 그 다음엔 어리석고 무모한 일인
줄 알면서도 그냥 끝까지 해버릴지도 모르는데……

아빠 그럴 게 아니라 앞으로는 그런 짓을 아예 시작하지 않는 게
어떻겠냐, 응?

아들 사실은 그때 일 애기가 아니라……

아빠 그래? 난 다른 사람들 일까지 신경 쓰고 싶지는 않구나.

아들 관심을 가져야 해요! 그렇지 않으면 그 사람들 모두 그만두
지 않을 거예요!

아빠 그 사람들이라니, 그게 누구냐?

아들 그게…… 사실은 아주 많아요…… 아빠도 전에 그런 사람
들 때문에 화낸 적 있는데…… 그러니까, 주변 경관도 해치
고 또 돈도 엄청나게 든다는 그 수로공사 같은 거 말예요.

아빠 혹시 라인 강, 마인 강, 도나우 강을 연결한다는 그 수로 애
기라면……

아들 네, 그거요. 찰리 아빠가 그러는데, 그 사람들이 텔레비전

에 나와서 자기들도 그 수로가 별로 좋은 방법 같지는 않다고 했대요. 하지만 일단 공사를 시작했으니 어쩔 수 없이 해야 한다고요.

아빠   아마, 그럴 거다……

아들   거 보세요! 그게 다 사람들이 일을 중단할 줄 몰라서 그런 거예요.

아빠   지금 네 얘긴 유치원생들한테나 통하는 소리야. 그 사람들이 수로를 완공해야 한다고 했다면, 그건 많은 단점에도 불구하고 그것들을 상쇄할 만한 더 큰 이점이 있기 때문이야.

아들   어떤 거요?

아빠   그건 나도 잘 모르겠다. 또 그런 일에 대해 오래 생각하고 싶지도 않고.

아들   그럼 아빠 어떤 일에 대해서 생각하고 싶어요?

아빠   지금은 아무것도 생각하고 싶지 않아.

아들   찰리 아빠 그 팔켄 섬에 대해서 생각해봤대요.

아빠   팔크란트 섬이야. 그 섬에 대해 생각해본 건 아마 찰리 아빠 하나는 아닐 거다!

아들   찰리 아빠 말로는, 사람들은 그 계획이 미친 짓이란 걸 금방 알아차렸대요. 그런데도 일단 시작한 일을 중간에 그만

두는 게 창피해서 가만히 있었던 거래요!

아빠   창피해서라니! 그건 아닐 거다! 나도 잘 모르지만 분명 다
른 이유가 있을 거야.

아들   어떤 이유요?

아빠   공평성의 문제라든가, 국가적 자존심, 원칙에 대한 사랑 뭐
그런 거겠지.

아들   겨우 그런 이유로 못 그만둔다구요? 그것 때문에 배들이 가
라앉고 군인들이 다 죽었는데……

아빠   너 말조심 좀 할 수 없니? 그리고 그런 일은 그만둘 시기를
결정하는 것도 쉬운 일이 아니야.

아들   바로 그래서 찰리 아빠가 그러는 거라구요! 평소에 연습을
많이 해야 하고 또 그만두는 게 잘한 일일 땐 칭찬도 많이
해줘야 한다고 말이에요!

아빠   어린아이가 손가락 빠는 거 그만둘 때나 그럴까, 그만뒀다
고 칭찬받는 일은 거의 없어. 하지만 국제 정치는 달라. 거
기에는 엄연히 규칙이 따로 있다구, 알겠니?

아들   그치만 찰리 아빠가 그러는데 정치하는 사람들은 미친 짓
을 너무 많이 한대요. 환경 문제, 핵발전소, 핵무기 그런 걸
루요. 그런 건 지금이라도 모두 중단해야 한대요. 그게 말

하자면 현대 사람들이 지켜야 할 새로운 계명이라구요! "잘
못된 일을 시작했으면 당장 그만두어라!" 뭐 그런 거요.

아빠 　내가 보기엔 지금의 십계명만으로도 충분한 것 같구나. 앞
으로도 마찬가지고.

아들 　어디에 충분한데요?

아빠 　윤리적인 삶을 위해서지.

아들 　그게 뭔데요?

아빠 　그건…… 그건, 신부님께 여쭤보렴.

아들 　신부님은 지금 여기 없잖아요. 그리고 아빠도 선생님만큼
설명을 잘하니까……

아빠 　알아줘서 고맙구나. 십계명은 기독교인들의 지침이라고 할
수 있어. 그러니까 기독교인이라면 특히 어릴 때부터 "거짓
말해선 안 되고, 도둑질해서도 안 되며, 살인하면 안 되고
간음을 해……"

아들 　(말을 가로막으며) 그런데 다 하잖아요!

아빠 　다 그런 건 아니야! 대부분은 십계명을 충실히 지킨다구.
그리고 십계명을 안 지키는 사람들은 양심의 가책을 받을
거야.

아들 　그럼 정치가들도 수많은 사람들이 죽을지도 모르는 일을

시작할 때 양심의 가책을 받을까요?

아빠 너, 아빠가 말 함부로 하지 말랬지?!

아들 알았어요…… 정치가들이 위험한 일을 시작할 때요.

아빠 아니. 정치가들은 어떤 일을 시작할 때, 그게 위험하든 아
니든 양심의 가책은 안 받을 거다. 그 사람들은 그 일이 꼭
필요하다고 생각해서 시작하는 거니까.

아들 그럼 만약 그 일을 중단하게 되면요…… 그럼 양심의 가책
을 받을까요?

아빠 그건 더욱 아니겠지……

아들 그런데 왜 그렇게 그만두지 못하는 걸까요?

역자 후기

『아빠, 찰리가 그러는데요』는 원래 NDR(북독일 라디오) 방송에서 연재된 방송극이었다. 그런데 방송이 수년간 계속되는 동안 애청자들로부터 대단한 인기와 호응을 얻었고, 또 방송국으로 극 대본을 구할 수 없느냐는 전화가 쇄도하면서 책의 형태로 정식 출판되게 되었다.

여기에는 어린 아들과 아빠가 나온다.

갓 초등학생이 된 여덟 살짜리 아들(아들은 시리즈가 계속되는 사이 열한 살이 된다)은 세상에 대해 궁금한 것이 너무 많다. 특히 말과 행동이 다른 어른들의 '이중성'에서 비롯된 갖가지 사건들은 아직 순수하고 세상에 대해 편견이 없는 아이에겐 도저히 이해할 수 없는 일로 비춰진다. 아들의 대화 상대인 아빠는 공무원으로 '좋은 집' '좋은 차'를 소유하고 있으며, 변화와 개혁보다는 안정과 사회의 기존 질서를 옹호하고, 다른 사람의 일에 간섭하는 것도 타인으로부터 간섭받는 것도 싫어하는 중산층의 전형이다.

아이에게는 늘 화두(話頭)를 제공하는 같은 또래의 친구 '찰리'가 있다. 그리고 찰리의 아빠는 공장에서 일하며 노조 위원장으로 노동자의 권익을 위해 앞장서는 대표적인 '블루 칼라'에 속한다. 그는 '깨어 있는 자'로서 계층간의 격차나 정치가들의 위선, 이중성, 소시민들의 이기주의와 무사안일주의 등을 예리하게 비판할 뿐만 아니라 그런 사회를 개선하는 데 적극 참여하고 있다.

또 이 책에는 두 개의 가족상이 반영되어 있다.

찰리네 집은 할아버지와 엄마, 아빠, 그리고 찰리와 그의 누나가 모두 함께 살고 있다. 비록 찰리가 할아버지 때문에 자신의 방을 양보해야 했고 누나는 남자친구를 마음대로 집에 데려올 수 없게 되었지만 그 대신 할아버지의 이야기와 풍부한 인생 경험을 듣고 배울 수 있어서 기뻐한다. 또 할아버지의 고양이도 아이들에게 자그마한 기쁨을 주는 대상이다. 찰리의 집에서는 저녁이면 온 가족이 마루에 모여 앉아 하루 일과에 대해 이야기하거나 서로에 대해 느끼는 불만이나 문제점들에 대해 토론한다.

주인공은 아빠와 엄마와 살고 있다. 주인공의 할아버지는 최고급 시설을 갖춘 양로원에서 산다. 주인공은 할아버지와 함께 살고 싶어하지만 서로 생활 방식이 달라서 불편하다는 이유로 아빠는 아들의 바람을 거절한다. 주인공의 아빠는 퇴근 후 저녁 시간을 주로 텔레비전 앞에서 보낸다. 그리고 주인공의 엄마는 직장에 다니지는 않지만 저녁 시간까지 각종 모임이나 취미 생활 등으로 바쁘다. 주인공은 대화를 위해 엄마가 있는 부엌으로 또는 아빠가 앉아 있는 텔레비전 수상기 앞으로 뛰어다녀야만 한다.

주인공은 모든 문제와 주제에 대해 개방되어 있는 찰리의 가족을 통해, 또는 학교에서 배운 이웃 사랑, 봉사, 정직, 양보 같은 참된 가치와 도덕을 끊임없이 현실에 적용시켜보고, 그런 이념과 현실 사이에서 발견되는 괴리에 대해 "왜?"라고 질문을 던진다. 국민들이 낸 세금으로 자신들의 사리사욕을 채우기에 급급하며 자신의 자리를 지키기 위해 거짓말을 일삼는다고 정치인들을 비난하면서

도, 정작 회사에 비치된 사무용품을 자기 집으로 가져가고 또 자기
집 쓰레기를 근처 공터에 갖다버리는 것은 부끄러운 일인 줄 모르
는 사람들이 얼마나 많은가. 또 청소를 한답시고 세제를 마구 뿌리
고 청소하는 내내 수돗물을 틀어놓거나 한겨울에 난방 온도를 최
고로 올려놓고 반팔, 반바지 차림으로 지내는 것도 넓게 보면 환경
에 심각한 피해를 준다는 것을 의식하며 사는 사람들은 그리 많지
않을 것이다. 이런 것들에 대한 어린 아들의 날카로운 질문은 아이
의 아빠뿐만 아니라 일상생활 속에서 부지불식중에 잘못된 행동을
하는 모든 어른들에게 따끔한 일침을 가하고 있다.

아이는 어른의 거울이라고 했다. 그러나 단순히 어른의 행동을
따라하기 때문이 아니라 어른들의 비뚤어지고 추한 몰골을 바로잡
을 수 있는 유일한 매개이기에 거울이라고 한 것이 아닐까.

이 책의 번역을 의뢰받아, 읽고 또 번역을 하면서 내내 참 즐거
웠다. 뭐랄까, 80년대에 유행했던 정치풍자 코미디를 보는 느낌이
었다고 할까. 때론 낄낄대며 큰 소리로 웃기도 하고 때론 맞아, 맞
아 하며 크게 고개를 끄덕이기도 하면서 이 세상의 모든 어른들,
특히 아빠들이 꼭 읽어주었으면 하는 마음이 들었다. 그런데 독자

들도 내 마음과 같았는지 몇 차례 방송을 통해 '추천도서'로 소개

되기도 하고 또 독자들이 꾸준한 호응을 보내준 덕분에, 또다른 이

야기들을 묶어 2편을 내게 되어 역자로서도 무척 흐뭇하다.

2003년 여름

강혜경

옮긴이 **강혜경**

연세대학교 독어독문학과를 졸업하고 독일 프라이부르크 대학에서 수학했다. 연세대학교 독어독문학과 박사 과정을 수료했으며, 현재 프리랜서 번역가로 활동하고 있다. 『야누스의 얼굴 천칭자리』『잔인한 승부사 사자자리』『꼬마 인디언』『넌 어디서 왔을까』 『용의 기사』 등을 우리말로 옮겼다.

아빠, 찰리가 그러는데요 2

1판 1쇄   2003년 8월 5일
1판11쇄   2012년 4월 10일

지은이   우르줄라 하우케
옮긴이   강혜경
펴낸이   김정순
펴낸곳   (주)북하우스 퍼블리셔스
출판등록   1997년 9월 23일 제406-2003-055호

주소   121-840 서울시 마포구 서교동 395-4 선진빌딩 6층
전자메일   henamu@hotmail.com
홈페이지   www.bookhouse.co.kr
전화번호   02-3144-3123
팩스   02-3144-3121

ISBN 89-89779-21-X 04850
      89-89779-21-1 (세트)

이 도서의 국립중앙도서관 출판도서목록(CIP)은 e-CIP 홈페이지(http://www.nl.go.kr/cip.php)에서 이용하실 수 있습니다. (CIP제어번호 : CIP2004001847)